TRUMAN CAPOTE

世界开始的地方

[美] 杜鲁门·卡波特 著

伏波 译

北 京 出 版 集 团
北京十月文艺出版社

新经典文化股份有限公司
www.readinglife.com
出　品

目 录
CONTENTS

分离之路

暮色降临。点点灯光在远处的镇上次第亮起，从那里延伸出一条落满灰尘的燥热小路，两个人沿路走来：一个是孔武有力的大块头，一个是清秀纤弱的年轻人。

　　杰克长着一头火红色的头发，两道眉毛状如一对犄角，隆起的肌肉颇具几分威慑力。他身穿褐色的破旧工装裤，脚趾从鞋子的缺口里冒出来。杰克转身朝走在身边的年轻人说："我看咱们该扎营过夜了。小子，你把这一捆放到那边去，然后麻利点儿搞些柴火来，咱得在天全黑下来之前弄点儿吃的①，可不能让人看见

①原文为 git some wood 及 make the vittels，git 即 get，vittel 即 vittle，或为当地土话。下文也有多处此类表述。

了。快去，动起来。"

蒂姆应声开始收集柴火，小伙子单薄的两肩因重压而耷拉着，一身嶙峋瘦骨衬出面容的憔悴。他虚弱的眼睛里含着悲怜，跑来跑去地干活时，玫瑰花蕾般的双唇微微噘起。

他干净利索地把柴火堆起来，杰克则把腌肉切成条，放入满是油污的平底锅。等到柴火准备好了，杰克开始在工装裤里四处翻找火柴。

"活见鬼，我把火柴放哪儿了？火柴呢？你没拿吧，小子？呸，我看你不会的。啊，找着了。"他从口袋里掏出一个纸包，取出一根火柴点着，两只粗糙的大手保护着这微弱的火苗。

火点着了，迅速在木柴间蔓延，蒂姆把盛着腌肉的平底锅放到火上。有那么一会儿，腌肉在锅里静静地躺着，然后伴随着轻微的一声"噼啪"，腌肉开始冒油，飘来一阵阵腐臭的气味。蒂姆病恹恹的脸被烟气熏得更苍白了。

"噫，杰克，我可不敢说这肉我吃得下。看着不对劲儿。我觉得这是块臭肉。"

"爱吃吃，不吃拉倒。要不是你那么小气，不肯花你那点儿钱，咱也能弄点儿好东西吃。哎呦，小子，你可是有十块钱呐。回家根本花不了那么多。"

"怎么花不了啊，我都算好了。火车票五块钱，买一身新衣服大概三块钱，再给老妈整点好东西，差不多得一块钱吧；我觉得吃的东西也得一块钱。我想看起来立立整整的，我妈他们不知道这两年我一直在全国到处流浪，还以为我是旅行推销员，反正我在信上是这么说的。他们以为我现在回家就是休息一阵子，然后又要动身出趟短差呢。"

"我就该把你那钱拿来，我饿死了，我要拿你的钱。"

蒂姆挑衅地站了起来，然而他孱弱无力的身形和杰克发达的肌肉一比就像个笑话。杰克一看他就乐了。他靠在一棵树上，朝蒂姆吼道：

"你这小屁孩，要不是看在你对我还不错，给我偷这偷那的分上，我早就拆了你那副骨头架子，敲碎你身上每根骨头了。你就留着你那零花钱吧。"他又哈哈大笑起来。蒂姆坐回到石头上，狐疑地看着他。

杰克从一个麻袋里拿出两片马口铁，往自己那片上放了三块腐臭的腌肉，往蒂姆那片上放了一块。蒂姆瞪着他。

"我还有一块肉呢？肉一共四块，应该每人两块。我还有一块肉呢？"蒂姆强烈要求道。

杰克叉着腰看着他。"我记得你说过，这臭肉你一点都不想吃。"说到"一点都不想吃"这几个字时，他讽刺地模仿着尖细的女人腔调。

蒂姆想起来了，他的确说过。可是他很饿，又冷又饿。

"我不管，我要我那块肉。我饿了。我现在什么都能吃得下。快点杰克，把我那块肉还给我。"

杰克哈哈大笑，把三块肉全塞进了嘴里。

没有人再说一个字。蒂姆闷闷不乐地走到一个角落坐下，伸手去捡松树的小细枝，把它们整齐地在地上排好。等这件事终于做完以后，他便再也忍受不了这种令人不自在的安静了。

"对不起，杰克，你知道的，回家的事我有多激动。我也饿得不行，但是，老天，现在我也只能勒紧裤腰带了。"

"拉倒吧，你可以从你搞到的钱里抽出一点儿，让咱俩吃顿好的。我知道你在想什么。咱为什么不偷点儿吃的呢？可是去他妈的，你甭想哄我在这个镇上偷一丁点儿东西。我听哥们儿说，这里，"他指向灯火勾勒出的城镇，"是最不好下手的镇子之一。他们盯流浪汉的眼神像鹰一样。"

"你说得对，但你知道，这点钱我就连一分都不想花掉，我还指望着这笔钱呢，我一共就只有这点钱，今后几年也只能靠它了，无论如何，我都不能让我妈失望。"

晨光初绽，笼罩大地。遥远的地平线上，一轮红日冉冉升起，宛如来自天边的信使。蒂姆醒来，刚好看到这壮丽的日出。

他把杰克摇醒，杰克费劲地跳起来。"你想干啥？哦！该起来了，真见鬼，我恨死起床了。"他大大地打了个哈欠，两只粗壮的胳膊伸得老远。

"今天会很热，杰克。不用怎么走路我还是挺高兴的，嗯，就只用去镇上，走到火车站那儿。"

"是啊，小子，你看我，我没地儿可去。但是我得过去，就顶着烈日走过去。要是天气总像早春那样不冷不热就好了，夏天满头大汗热得要死，冬天又冻死，什么破天气。我想在冬天去佛罗里达，可是那儿再也没什么好机会了。"他走过去，把煎锅重新拿了出来，然后从包里拿出一个桶。

"拿着，小子，沿路走大概四分之一英里，上那个农舍打点儿水来。"

蒂姆接过桶准备上路了。

"嘿，小子，不带着你的夹克吗？你不怕我偷你的钱？"

"不带了，我想我能信任你。"蒂姆答道。然而在内心深处，蒂姆知道自己做不到。他没回头，只是因为他不想让杰克知道自己信不过他。说不定杰克已经知道了。

他步履沉沉地走在路上。这条路没铺过，大清早就尘土飞扬。白色的农舍就在前面不远处。他走到门口，正看到农舍主人提着一只桶走出牛棚。

"嘿，先生，请问我能在这儿接一桶水吗？"

"可以，抽水机在那儿。"主人用一根脏兮兮的手指指向院里的抽水机。蒂姆迈进院子，抓住抽水机的手柄一上一下地压。一股冰凉的水流突然喷涌而出，他弯下身子用嘴去接，任冷水在嘴边四处喷溅。接满了一桶水，他沿着路往回走去。

他拨开灌木，回到矮树丛中的空地，杰克正弯腰在包里找什么东西。

"该死，什么吃的都没了。我还以为起码会剩几块那种腌肉呢。"

"哦，没关系，等到了镇上，我就能好好吃顿饭了，或许我能给你买杯咖啡——再买个小面包。"

"呵，您还真是慷慨大方。"杰克厌恶地看着他。

蒂姆拿起他的夹克，伸手从口袋里取出一个破旧的皮夹子，打开上面的搭扣。

"我要拿我回家用的钱啦。"蒂姆一遍又一遍地说着，反复爱抚着皮夹。

他把手伸进皮夹，又把手抽出来——空空如也。蒂姆面无血色，难以置信，他猛地把钱包一撕两半，四处乱窜，在松针里到处翻找他丢失的钱。他就像一头掉进陷阱的野兽，狂躁地东奔西跑。然后他看见了杰克。他瘦小的身躯气得直发抖，疯狂地冲杰克喊道：

"把钱还给我！你这个小偷，骗子，是你偷了我的钱，你要不还我就杀了你！还给我！我杀了你！你答应我你不会拿的！小偷！撒谎！骗子！不把钱还给我我就杀了你！"

杰克一脸惊愕地看着他。"哎，蒂姆，孩子，我没拿。钱可能是你自己弄丢了，也有可能还藏在那堆松针里，来，咱俩找找。"

"不在松针里，我看了。是你偷的，除了你之外没人能偷，就是你偷的。你把钱放哪儿了？还给我，钱就在你那儿……还我钱！"

"我发誓我没偷。我以我所有的原则起誓。"

"你就没有原则。来，杰克，看着我的眼睛告诉我，如果你没拿我的钱你情愿去死。"

杰克转过身来，一头红发在明亮晨曦的映照下显得更红，两道眉毛更像一对犄角。他抬起胡子拉碴的下巴，上翘扭曲的嘴巴里一口黄牙依稀可见。

"我发誓我没拿你的十块钱！如果我在撒谎，下次我再扒火车就没命。"

"好吧杰克，我相信你了，但是钱能跑到哪儿啊？你看，我身上没有，如果你也没拿，钱会在哪儿呢？"

"你还没在咱们扎营的地方找呢。到处找找，它一定就在什么地方。来，我帮你找，钱又跑不掉。"

蒂姆焦急地跑来跑去，嘴里念叨不停："要是找不着呢？那我就回不了家了。我可不能穿成这样回家去。"

杰克心不在焉地找着，他弯下魁梧的身体，在松针和包里翻找着。蒂姆脱掉衣服，光着身子站在营地中央，撕开工装裤的接缝寻找他的钱。

他一屁股坐在木头上，泪花摇摇欲坠。"咱们别找了，钱没了。哪儿都找不到。我回不去家了。我想回家。哦！妈妈会说什么呢？求你了，杰克，钱在你那儿吗？"

"真他妈见鬼，我最后告诉你一次，没有！你要再问我我就打死你。"

"好吧，杰克，看来我只能继续跟着你流浪一段时间了，直到我再攒到足够的钱回家。我可以给妈妈写张明信片说他们又让我出差了，我过一阵再回家。"

"我可再也不让你跟着我流浪了，我受够了像你这样的小子。你自己上路，找你自己的小伙伴吧。"

杰克心想："我是想让这孩子跟着我，但我不该这么做。说不定如果我让他自己走，他能聪明点儿，回家去，自己干一番大事。回家把话说清楚，才是他该做的事。"

他两一同坐在一根木头上。终于，杰克说道："小子，你要走的话，最好出发吧。来，起来吧，已经七点了。该动身了。"

蒂姆拿起背包，他们一块儿走向小路。杰克走在蒂姆边上，他那魁梧有力的身躯像是父亲在保护一个小孩。走上小路，他们转向彼此，互道再见。

杰克望着蒂姆那双清澈含泪的蓝眼睛。"好吧，再见，小子。咱们握握手，友好地道别吧。"

蒂姆伸出的小手被杰克的大掌紧紧裹住。杰克真挚地握了握蒂姆的手——蒂姆由着自己的手无力地晃动着。杰克松开了手——年轻人感觉手心里有东西。

他摊开手掌，掌心里躺着那张十美元钞票。杰克匆匆离去，蒂姆随后动身。或许那是明亮的日光映在了他的双眼中——又或许，那真的是泪水。

磨坊商店

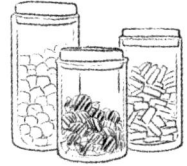

女人从磨坊商店的后窗向外凝望着。她入迷地看着那群在清澈溪水中开怀嬉戏的孩子。天空万里无云，南方的骄阳火辣辣地炙烤着大地，女人用一块红色手绢拭去额头的汗水。清亮湍急的水流冲刷着溪底的鹅卵石，溪水看起来冰凉诱人。她想，如果不是下面有人正在野餐，我非要坐在溪里好好凉快一下。呼——！

　　几乎每个周六，都会有人从镇上过来办野餐会，在磨坊溪铺满白色鹅卵石的岸上尽情吃喝一下午，孩子们则在半浅的溪中蹚水取乐。这是八月下旬一个周六的下午，一场主日学校的野餐会正在进行之中，三个年长的女老师在阴凉的地方跑来跑去，焦虑不安地照顾着她们年幼的学生。

从磨坊商店向外眺望的那个女人，把视线移回相对阴暗的店内，四处寻找香烟。她身量高大，皮肤被晒得黝黑，一头浓密的黑发剪得很短，穿着一身廉价的印花棉布裙子。她点燃香烟，在烟雾中皱起眉头，嘴角一咧，脸上显出痛苦的神色。该死的烟就是这点不好——嘴里的溃疡开始疼了。她急促地吸了口气，吸入的气流暂时舒缓了溃疡处的疼痛。

肯定是水的缘故，她想。我喝不惯这里的井水。她三周前才来到这个镇上，想找份工作，本森先生给了她这份磨坊商店的活计。她不喜欢这里。离镇上有五英里，而她不太情愿走路。这里太安静了，到了夜晚，蟋蟀啾啾地鸣唱，牛蛙呱呱叫着孤独，她感觉自己也跟着"抖动"起来。

她瞥了一眼廉价的闹钟，三点半，对她来说这是一天中最孤单、最漫长的时候。商店里很闷热，散发着煤油、新鲜玉米粉和变质糖果的味道。她向后靠在窗户上，八月下午如火的骄阳高悬在天空中。

　　商店建在溪边一道陡峭的红土坡上。一边是一座摇摇欲坠的大磨坊，已经闲置六七年了。溪流从树林间潺潺涌出，如一条泛着珠光的橄榄绿丝带，被一座摇摇晃晃的灰色木坝截成了一汪池水。野餐的人必须在商店支付一美元，才可以到坝上野餐、在池塘里钓鱼。有一天她去池塘里钓鱼，结果只钓上来几条瘦瘦小小的鲶鱼和两条食鱼蝮蛇。拉上来那两条蛇时，她惊声尖叫，那蛇缠绕在一起，黏滑的蛇身在阳光下闪着粼粼的光，有毒的嘴里鱼钩深陷。钓到第二条蛇之后，她急忙扔下渔线和鱼竿奔回商店，用电影杂志和一整瓶波旁威士忌来安抚自己，度过了那个潮湿日子的余下时光。

　　她看着孩子们在水里嬉戏打闹，回想着这一幕，轻笑起来，不过她依然很怕那个黏黏滑滑的东西。

　　突然她身后响起一个害羞的年轻嗓音。"小姐——？"

　　她吓了一跳，恶狠狠地盯着来人。"你不必偷偷摸摸的——哦，孩子，你想要什么？"

一个小女孩手指着一个老式玻璃柜台，那里塞满了廉价的糖果——软心豆粒糖、橡皮糖、薄荷棒棒糖、实心硬糖球散得到处都是。小女孩指出一样她心仪的糖果，女人就伸手把它够出来，扔进一个棕色小纸袋里。女人入神地盯着正在挑选糖果的小女孩，这孩子令她回忆起一个人。是因为眼睛，那双明亮得如同蓝色玻璃球的眼睛。那样浅的天蓝色。小女孩的头发下垂如波浪，将将及肩，发色光亮如蜜。她的脸和四肢是近于黑的深棕色。女人知道，这孩子肯定经常外出晒太阳。她难以克制地一直盯着小女孩看。

小女孩不再挑选，抬起头来害羞地问："我有哪里不对劲吗？"她环视自己的裙子，看看有没有哪里被扯破了。

女人有点尴尬，她迅速低下头，卷起袋口。"哦，没——没什么。"

"哦，我还以为哪里有问题，你一直怪怪地盯着我看。"孩子看起来安心了。

女人靠在柜台上，把纸袋递给小女孩，摸了摸她的头发。她不由自主地这样做了——它看上去那样丝滑，就像是甜美的黄油。

"孩子，你叫什么？"她问道。

孩子看起来有点吓着了。"伊莱恩。"她答道。她抓过纸袋，在柜台上放下几枚温热的硬币，飞快地离开了商店。

"再见，伊莱恩。"女人喊道。但是小女孩已经离开了，她飞奔过桥，急着和小伙伴们会合。

真可怕啊，她想。那孩子的眼睛和他的一模一样。那双该死的眼睛。她坐在商店角落的椅子上，吸了最后一口烟，然后把烟头扼杀在光秃秃的地板上。她把头埋在双膝间，坠入了昏热的半梦半醒之中。天哪，她边打瞌睡边想，那双眼睛啊。她又呻吟了一声。这该死的溃疡啊。

她是被四个小男孩晃着肩膀弄醒的，他们在磨坊商店里狂乱地跳来跳去。"醒醒！"他们大喊，"醒醒！"

有那么一会儿，她睡眼惺忪地看着他们。她双颊滚烫，嘴里的溃疡疼得要命，含糊不清地回应着他们。

"咋么了？"她问，"咋么了？"

"女士，请问你有电话或者汽车吗？"其中一个情绪激动的小男孩问道。

"我没有。"她现在完全清醒过来了，"怎么了？发生什么了？大坝没塌了吧？"

孩子们四处乱跳，他们着急得根本站不住，只是一边跳一边哀号："天哪，我们该怎么办啊！她会死的！她会死的！"

女人快疯了。"到底怎么了！告诉我，快点！"

"一个孩子被蛇咬了。"一个小胖子呜咽道。

"在哪儿？看在上帝的分上！"

"在小溪边。"他指向窗外。

女人冲出商店，狂奔过桥，沿着卵石滩跑。一群人围在卵石滩的尽头，一个主日学校的老师狂呼乱叫，急得团团转，几个吓坏了的孩子站在一边，瞪大了眼睛，又惊又惧地围观着这场毁了他们派对的事故。

女人推开人群冲了进来，看见一个小孩子躺在沙地上，是那个双眼亮如蓝色玻璃球的小姑娘。女人大喊道："伊莱恩！"大家都注意到了这位新来的不速之客。她跪在孩子身旁，观察着伤口。伤口已经肿起变色。小女孩战栗着，抽泣着，用手敲着自己的头。

"你们没车吗？"女人问其中一个老师，"你们怎么过来的？"

"我们徒步过来的。"另一个老师答道，眼里充满了恐惧和慌张。

女人的双手激动地划着圈。"你看，这孩子情况很危急，她快死了。"她说。

他们都只是盯着她。他们能做什么呢？不过是三个傻女人和一大群孩子，他们也无能为力。

"好吧，好吧。"女人喊道，"你，你去找几只鸡来。你们这几位女士，派个人跑回镇上请大夫。快点，快点！咱们一分钟也耽误不起。"

"但现在我们能为这孩子做什么呢？"一位女士问道。

"看我的。"女人答道。

她跪在小女孩身边观察着伤口，伤处肿得很大。女人丝毫没有犹豫，弯下身去，用嘴吮吸伤口。她吸了一口又一口，每隔几秒就停下来吐出一口液体。留下来的只有几个孩子和一个老师，他们都盯着她看，惊恐之余，入迷又钦佩。小女孩的脸变得像粉笔一样白，昏迷过去。女人吐出好几口混着毒液的唾液，最后站起身跑向溪边，用清水咕咕地狂漱口。

孩子们带着鸡来了。三只又大又肥的母鸡。女人一把扯住其中一只的腿，用大折刀剖开鸡身，热热的血涌了出来，流得到处都是。"这血可以吸出残留的毒液。"女人解释道。

那只鸡变绿了，她又割开另一只鸡，把它放在小女孩的伤口处。

"现在，快点。"她说，"扶好她，送她去磨坊商店，咱们在那儿等医生来。"

　　孩子们急切地跑上前来，合力搀扶，让小女孩尽可能舒适。过桥时，一个老师说道："真的，我不知道我们该怎么感谢你，这真的是，太——"

　　女人把她推到一边，匆匆上桥。她嘴里的溃疡由于吸了毒液，火烧火燎地疼。回想起刚才做的一切，她只觉得浑身难受。

希尔达

1

"希尔达——希尔达·韦伯,你能来一下吗?"

希尔达马上走到房间前侧,站在了阿姆斯特朗小姐的桌旁。

"希尔达,"阿姆斯特朗小姐平静地说,"约克先生想要在放学后见你。"

希尔达诧异地看了她一会儿,随后摇了摇头,来回拂动的黑色长发不时地半遮住她美丽的脸庞。

"您确定是我吗,阿姆斯特朗小姐?我什么都没做。"她的声音显得很害怕,但对一个十六岁女孩来说却很成熟。

阿姆斯特朗小姐似乎很生气。"我只能告诉你这张纸条上就是这么写的。"她递给那高个儿女孩一张白纸。上面写道：

希尔达·韦伯，办公室，三点半。

校长 约克先生

希尔达慢慢回到她的桌前。明亮的阳光透过玻璃照进来，她眨了眨眼睛。为什么要叫她去办公室呢？这还是她来到霍普山高中近两年来，第一次被叫去面见校长。

2

在她脑海中的某处有一种隐隐的畏惧。她感觉她知道校长为什么找她——但是，不，不会的——没有人知道，甚至不曾有人怀疑过。她可是希尔达·韦伯，勤勉而好学，腼腆而谦逊。没有人知道。他们怎么会知道呢？

她稍感安慰。约克先生要见她肯定是因为别的事情。也许他想让她参与毕业舞会委员会的工作。她淡淡一笑，拿起了她那本绿皮大部头拉丁文书。

放学铃一响，希尔达就径直去了约克先生的办公室。她把纸条交给了外间那个洋洋自得的秘书。通知她进去时，她感觉自己快站不住了。她浑身发颤，半是紧张，半是兴奋。

她在学校走廊里遇见过约克先生，也在全校大会上听过他讲话，但她不记得曾经跟他私下交谈过。约克先生个儿高，脸瘦，头顶一簇茂密的红发。他的眼睛是淡淡的海蓝色，此刻显得非常愉快。

希尔达走进那间布置简朴的小型办公室，眼神焦虑，脸色苍白。

3

"你是希尔达·韦伯？"这不像是在发问，更像是在陈述。约克先生的声音听起来庄重而亲切。

"是的，先生，我就是。"希尔达没想到自己的声音这么镇定。其实，她心里发凉又紧张不安，她能感觉到自己紧扣书本的双手直冒热汗。面见校长是桩可怕而骇人的事，但是校长友好的眼神消除了她的戒备。

"我这里有一份你的履历，"校长拿起一张黄色的大卡片，"你是一名荣誉学生，来自俄亥俄的一所寄宿学校，现在是霍普山高中的三年级学生。是吧？"

希尔达点了点头，目不转睛地盯着校长。

"告诉我，希尔达，你最感兴趣的是什么？"

"先生，您指哪方面？"她不得不警惕起来。

"哦，关于你未来的职业规划的。"他从桌上拿起一条金钥匙链转来转去。

"我不清楚，先生。我觉得我想要当演员，我一直对戏剧很有兴趣。"她微笑着把视线从他瘦削的脸移到钥匙链旋转的光晕上。

"我明白了。我问这个，仅仅是想了解你。了解你很重要。"校长把椅子转过来，端正地坐在桌前，"是的，非常重要。"她注意到校长周遭轻松随意的气氛完全消散了。

4

她紧张地摆弄着自己的书。校长尚未说什么指责她的话，但她知道，自己的脸涨红了。她觉得全身燥热，突然间这密闭的屋子令人无法忍受。

校长放下了钥匙链。她知道他准备说话了，因为她听见他突然吸了一口气。但是她不敢抬头看他，因为她知道他接下来要说什么。

"希尔达，我想你知道，女生储物柜最近频频失窃。"他停顿了一会儿，"已经有一段时间了——但我们还没能抓住那个从同学那里偷东西的女孩。"校长的口吻既坚定又沉着。"这所学校容不下小偷！"他认真地说。

希尔达低头看着她的书，她能感觉到自己的下巴在不住颤抖，她咬住了嘴唇。约克先生半站起身来，又重新坐了回去。二人端坐在一片紧绷拉锯的沉默中。终于，约克先生把手伸进桌子的抽屉，掏出一个蓝色小盒子，把里面的东西倒在了桌上。两个金戒指，一条带有幸运饰物的手链，还有几枚硬币。

"你认得这些吗？"他问道。

她盯着它们看了很长一段时间。整整四十五秒。它们在她眼前模糊了。

"但我没有偷那些东西，约克先生，如果您是这个意思的话！"

5

他叹了口气。"这些是在你柜子里找到的，而且——我们注意你已经有一段时间了！"

"但我没有——"她的话音戛然而止。已经没希望了。

终于，约克先生开口了："但我不能理解的是，为什么像你这样的孩子会想做这种事，你很聪明，而且据我了解，你的出身很好，说真的，我完全不明白。"

她仍然沉默地坐着，摆弄着她的书，只觉得这四堵墙壁密不透风，似乎有什么东西想要把她闷死。

"好吧，"约克先生继续说道，"如果你不打算解释的话，恐怕我什么也不能为你做了。你意识不到这桩罪行的严重性吗？"

"不是这样的。"她尖声说道，"并非我不想告诉您我为什么偷了这些东西，只是我不知道该怎么说，因为我自己也不知道。"她瘦削的双肩在战栗，整个人都剧烈地颤抖起来。

他看着她的脸——惩罚一个脆弱的孩子多么困难啊。他被触动了，他知道自己表现出来了。他走到窗边，整理了一下窗帘。

希尔达站了起来，这间办公室和桌上那些闪亮的小饰品让她憎恶，让她恶心想吐。她能听见约克先生的声音，那么遥远而朦胧。

6

"这是件严肃的事情，恐怕我要见见你的家长。"

她吓得眼睛直跳。"您不会是要告诉他们我——"

"当然。"约克先生回答。

突然间她什么也不在乎了，只想离开这间白色的小办公室，连同那难看的陈设、红发的主人，还有戒指、手链和钱。她讨厌这些！

"你可以走了。"

"是，先生。"

她离开办公室的时候，他正忙着把小饰品放回蓝色小盒子里。她慢慢步出外间的办公室，走过空无一人的长长的走廊，走到四月下午明亮的阳光下。

然后她突然开始奔跑，跑得越来越快。她跑过校园大道，跑到了镇上，跑上长长的主街，即使有人盯着她看，她也毫不在乎——她只想跑得越远越好。她跑到了镇子的另一端，跑进公园，那里只有几个推着婴儿车的女人。她扑到了一条空着的长凳上，抱住自

己撞疼的那侧身体。过了一会儿，疼痛平息了。她打
开那本大部头绿皮拉丁文书，躲在封皮后轻轻哭泣，
无意识地抚摸着大腿上的那串金钥匙链。

贝尔·兰金小姐

我第一次看见贝尔·兰金小姐是在我八岁那年。时值炽热的八月，在交织着缕缕绯红彩云的天空中，太阳的光和热正在消退。泥土里升腾起干燥而蓬勃的热气。

　　我坐在门廊的台阶上，看着一个黑人女子经过，好奇她怎么把这么大一捆衣服顶在头上。我朝她打招呼，她停下来笑了笑作为回应，是那种忧郁而迟缓的黑人笑声。就在这时，贝尔小姐沿着街的另一边慢慢走来。那洗衣女工见了她好像突然受了惊，话说到一半就停了，匆忙迈步前行。

　　这个路过的陌生人竟能引发如此古怪的举动，我紧盯着她看了很久。她身材矮小，一身黑衣上满是灰尘和条痕。她看上去不可思议地老，满脸皱纹。几缕稀疏的灰色头发被汗水浸湿，覆在前额上。她走路时低头盯着未铺过的人行道，仿佛在寻找什么丢失的东西。一只棕黑色的老猎狗跟在她身后，盲目地追随着女主人的踪迹。

后来我见过她很多次，但最初那梦境似的一幕，永远是最清晰的——贝尔小姐沿着街道默默走着，消失在暮色中，脚边飘起了小团红色尘土。

几年后的一天，我坐在乔布先生的街角杂货店里，大口喝着他家的招牌奶昔。我坐在柜台的一头，另一头是两个镇上臭名昭著的小混混，还有一个陌生人。

这个陌生人的外表比乔布先生店里的常客体面得多。但吸引我注意的，是他用缓慢而沙哑的声音所说的内容。

"你们知道附近谁有上好的日本山茶树出售吗？有位东方女士要在纳齐兹盖房子，我替她采购一些。"

两个小混混对视了一眼，其中那个平时喜欢嘲弄我的大眼睛胖男孩开口了。"先生，我跟你说，附近我只知道一个这样的人，有几株顶漂亮的日本山茶树。她是个奇怪的老姑娘，叫贝尔·兰金，住的地方大概离这里半英里远，看起来也挺奇怪的，是个衰败的老房子，南北战争之前就有了。虽然怪得要命，但如果你就要找日本山茶的话，她那儿的是我见过最好的。"

　　"是啊。"另一个长着青春痘的金发男孩尖声说道，他看起来是那胖孩子的跟班。"她应该会卖给你。我听说她在那儿快要饿死了。那儿什么都没有，只有一个住在那儿的老黑鬼用锄头打理　块杂草地，他们把那个叫花园。哎，前几天我听说她去季特妮丛林市场，到处拣些烂菜叶，逼着欧力·彼得森送给她。你见不着比她更古怪的巫婆了，像是阴影里的饿鬼。那些黑鬼都很怕她——"

　　然而陌生人打断了这个喋喋不休的男孩，问道："所以你认为她肯卖？"

"当然了。"那胖男孩说道，脸上带着一丝肯定而得意的笑。

陌生人道了谢，向外走去。突然他转过身来问道："你们愿不愿意带我过去？之后我会送你们回来。"

这两个小痞子立马就同意了。坐在汽车里被人们瞧见总是好的，尤其是坐在陌生人的车里，显得他们人脉挺广的。况且无论如何，肯定还有香烟抽呢。

我听到这件事的结局是在大约一个星期后，那天我又去了乔布先生店里。

虽然听众只有乔布先生和我两个人，那胖男孩却讲得很起劲。他越说声音就越大，语气也越夸张。

"我告诉你们，那老巫婆就该给赶出镇子。她是个疯子。首先，我们一到那里她就要撵我们走。然后她放出那条古怪的老猎狗追我们，我打赌，那条狗岁数比她还大呢。嗯，总之，那杂种想狠狠咬我一口，我就使劲一踢，正中它的牙齿，接着那老巫婆就发出一声吓人的怒吼。最后还是她家那个老黑鬼想办法让她平静了下来，让我们能跟她说说话。弗格森先生，就是那个陌生人，解释说他想收购她的花，你知道，就是那些有些年头的日本山茶树。她回答说她从来没听说过有这回事，她一棵树也不会卖，因为她爱这些树胜过她所拥有的一切。嗳，你们可听好了，弗格森先生提出他愿意掏两百美金，就买其中一棵树，你们能想到吗？两百美金！那讨厌的老家伙叫他离开——最后我们发现没戏了，就走了。弗格森先生特别失望，他本来指望能买下那些树呢，他说那是他见过的最好的几棵了。"

他往后一靠，深吸一口气，这么长篇大论下来可把他累坏了。

"见鬼，"他说，"一出手就两百美金，买这些老树是图个啥呢？那又不是玉米。"

我离开乔布先生那儿回家时，一路都在想着贝尔小姐。我之前一直对她很好奇，她看起来太老了，老得不像是活着——活到那把年纪真是太可怕了。我不明白她为什么那么想留下那些日本山茶。它们是很漂亮，但既然她那么穷——好吧，我那时还年轻，而她已经太老了，生命所余无多。我那时太年轻了，从没想过我也会变老，也会死去。

那天是二月的第一天。破晓时分，天空灰蒙蒙的，一片阴沉，从中现出一道道珍珠白的日光。外面很冷，空气纹丝不动，间或掠过一阵饥饿的强风，啃噬着巨树光秃秃的灰色枝干。巨树环绕着一片衰败的废墟，那里曾是瑰丽的"玫瑰坪"。兰金小姐就住在这里。

她醒来时，房间冰冷彻骨，屋檐下凝着一挂冰的眼泪。她环视周遭死气沉沉的一切，微微打了个寒战。她费了好大力气才从颜色艳丽却残破的被子里爬出来。

她跪在壁炉前，想要点燃伦恩头天晚上收集的枯树枝。她那皱巴巴的枯黄小手费力地同火柴和刮花了的石灰石抗争着。

过了一会儿，火点着了。火苗蹿起来，木柴发出噼啪的响声，就像骨头在咯吱作响。她在温暖的火光边站了一会儿，迟疑地挪向结了冰的洗脸盆。

穿好衣服，她走到窗前。下雪了，南方冬天湿润稀疏的雪。雪一落在地上就融化了，但是贝尔小姐想到这天要走很远的路去镇上找吃的，仍然觉得头晕且不适。这时她瞥见窗下的日本山茶竟开花了，不禁深吸一口气——她从未见过它们如这般美丽。鲜红的花瓣凝成了冰，静静地立在枝头。

她记得许多年前，当莉莉还是个小姑娘时，她会摘几大篮子花，那时玫瑰坪高高的空旷房间里充满了山茶花淡淡的香气。莉莉会把它们偷去送给黑人小孩，她那时多么生气啊！但是现在，她一边回忆，一边微笑。她上次看见莉莉至少是十二年前了。

可怜的莉莉，她现在也是个老女人了。她出生时我才十九岁，年轻貌美。杰德曾说我是他认识的最漂亮的女孩——但那是很久以前的事情了。我记不清我

47

究竟是从什么时候起变成这样的。我不记得我第一次没钱的时候——我开始变老的时候。我想是在杰德走了以后——我不知道他后来怎么样了。他只是过来跟我说我又丑又憔悴，然后他就走了，什么都没留下，除了莉莉。而莉莉她不太好——不太好——

她以手掩面。回忆起来依然很痛苦，可这些事她几乎每天都在回想。有时候这令她疯狂，她会大喊，会尖叫，比如那次，一个男人带了两个起哄的傻瓜来买她的日本山茶。她不会卖的，永远不会。可她害怕那个男人，她怕他会把它们偷走，那她该怎么办——人们会笑话她的。就是因为这个，她朝着他们尖声喊叫；就是因为这个，她恨他们所有人。

伦恩进来了。他是个年老伛偻的小个子黑人，一道疤横在他的额头。

"贝尔小姐，"他的话音里夹杂着气喘声，"你去镇上吗？是我的话，我就不去，贝尔小姐，今天天气坏透了。"他说话时，一股哈气从他嘴里逸出，消散在冰冷的空气中。

"是的，伦恩，我今天得去镇上。我一会儿就去，我想在天黑之前回来。"

屋外，烟从老旧的烟囱里懒洋洋地袅袅升起，化作一团蓝色的雾悬在房顶上空，像是被冻住了——之后一阵凛冽的狂风飞快地将它卷走了！

贝尔小姐开始往回家的山路上走时，天已经很黑了。冬天，天总是黑得很快。今天的夜晚来得那么突然，一开始吓了她一跳。没有绚烂的日落，只有渐渐沉入浓黑之中的灰白天空。雪还在下，道路泥泞而冰冷。风刮得越来越烈，枯枝断裂发出刺耳的声音。沉重的篮子压弯了她的腰。今天收获颇丰。约翰逊先生给了她近三分之一根火腿，小个子欧力·彼得森那儿还有好多卖不掉的蔬菜，至少两周她都不用再去了。

到了家，她在原地站了一会儿，喘着粗气，任由篮子滑落到地上。然后，她走到园子边上，摘了些玫瑰似的大朵日本山茶。她把一朵花紧紧贴在脸上，却感觉不到花的触碰。她怀抱一捧山茶花想走回篮子那儿，突然好像听见了一个声音。她站住了，静静地听着，可是只有风声在回应。

她感到自己不受控制地滑向地面。她朝着黑夜伸出手希望抓住什么，但那里只有空无。她试图大声呼救，但是发不出声音。她感到一阵空无的巨浪席卷了她，一幕幕画面飞驰而过。她的一生——彻底的徒劳，莉莉和杰德的记忆碎片，还有一幅清晰的画面，她的妈妈拿着一根细长的手杖。

我记得那是一个寒冷的冬天，珍妮姨妈带我去贝尔小姐生前住的那个老旧衰败的地方。贝尔小姐在前一晚去世了，一个住在那里的老黑人发现了她。镇上几乎所有人都来看她了。她的尸体还没有被挪动过，因为验尸官还没有准许。所以我们看见的就是她死去那刻的模样。那是我平生第一次见到死人，我永远忘不了那一幕。

她躺在院子里，在她的日本山茶树下。她脸上所有的皱纹都舒展开来，明媚的花朵洒落满地。

她看起来那样瘦小，出奇地年轻，发间落有小片雪花。有朵花紧贴着她的面颊。在我见过的一切之中，我想她是最美的。

每个人都在说这件事多么令人难过，可在我看来这真是怪事一桩，正是这群人过去常常拿她取笑。

好吧，贝尔·兰金小姐确实是个怪人，神经兮兮的，可是在那个寒冷的二月清晨，她脸颊上贴着一朵花，静静地躺在那里，看起来真的美极了。

若我忘记你

格蕾丝已经站在门廊上等了他快一小时了。下午她在城里遇见他的时候，他说过他会八点到。现在都快八点十分了。她在门廊的秋千上坐了下来，尽量不去想他会不会来，甚至不去看通向他家的那条路。她知道如果她想着这件事，它就永远不会发生。他就不会来了。

"格蕾丝，你还在那儿吗？他还没来吗？"

"没有，妈妈。"

"哎，你总不能整晚都坐在那儿吧。赶快进屋。"

她不想回屋。她不想坐在那间闷热的老客厅里，看爸爸读新闻，看妈妈玩填字游戏。她想待在这外面，待在夜色中，她能呼吸到它，闻到它，触碰到它。夜是如此清晰可感，她能触到它的质地，像上好的蓝缎。

"他过来了，妈妈。"她撒谎说，"他沿着路过来了，我要跑过去见他。"

"你不许去，格蕾丝·李。"她妈妈厉声喝道。

"我要去，妈妈，要去！我告别完马上就回来。"

她不等妈妈回话，轻快地跑下门廊的台阶，跑到了路上。

她打定主意，要一直走下去，直到见到他，哪怕要一路走到他家门口。今晚对她来说不同寻常，不见得会快乐，但至少是美丽的。

度过了这么多年，现在他就要离开镇上了。他一走，一切都会显得很滑稽。她知道，一切都会不一样了。之前在学校里，萨隆小姐让学生们写一首诗，她写了一首关于他的诗。这首诗写得很好，刊登在了镇上的报纸上。她给这首诗命名为《在夜之魂中》。她漫步在洒满月光的小路上，背出了诗的头两行：

　　　　我的爱是一道明亮炽烈的光，

　　　　把夜的漆黑阻挡。

　　他曾经问过，她到底爱不爱他。她答道："我现在是爱你的，但我们现在还小，这爱太过青涩。"但她知道她说谎了，至少是欺骗了她自己，因为现在，就在此刻，她知道她爱他。仅仅一个月以前，她还觉得这爱意幼稚而愚蠢。可现在他要走了，她知道事实并非如此。在写过那首诗后，他曾经跟她说，她不应该那么认真，毕竟她才十六岁。"哎呀，等咱们都二十的时候，如果有人向我们提到彼此的名字，我们说不定都记不起那是谁了。"她很难过。是的，他可能会忘记她。现在他要离开了，她可能再也见不到他了。他可能会像他梦想中的那样成为一名伟大的工程师，而她还待在这个没人听说过的南方小镇上。"或许他不会忘记我。"她自言自语，"也许他会回到我身边，带我离开这里，去一座大城市，去新奥尔良、芝加哥，甚至是纽约。"光是想一想，她就高兴得发狂。

路两旁松树林的气味，使她想起了他们一起野餐、骑马和跳舞的美好时光。

她想起了那一次，他邀请她一起参加初中舞会。她就是从那时起认识了他。他长得英俊极了，她自豪不已，没人会想到有一双绿眼睛还长着雀斑的小格蕾丝·李会走在他这样一位抢手的男生身旁。她太骄傲、太兴奋了，几乎忘记了如何跳舞。她带错了步，他踩在了她脚上，扯破了她的长筒丝袜，她尴尬极了。

当她确信这是真正的爱情时，她的母亲却说他们只是孩子，孩子毕竟不可能知道她所说的真正的"感情"是什么。

然后，镇上那些忌妒得发疯的女孩们发起了"我们讨厌格蕾丝·李"运动。她们窃窃私语。"你看那个小蠢货，就知道往他身上扑。""她连——连妓女都不如。""我愿意出一大笔钱搞清楚他们在干吗，但我想这很可能会脏了我的耳朵。"

她加快了步子，一想到那些自命不凡的讨厌鬼她就气得发疯。有一次，露易丝·毕福斯从她的书里偷走了一封她写的信，在学校的洗手间里大声读给一大群女孩听，做出夸张嘲讽的动作。她还拿一件根本不好笑的事取乐。女孩们笑得前仰后合，她正好撞见了这一切。她和露易丝打了一架，她永远不会忘记。

"哎，好吧，只不过是一堆微不足道的破事罢了。"她想。

月光皎洁，几缕淡淡的云悬在空中，像条漂亮的蕾丝披肩。她凝视着它。马上就要到他家了。翻过这座山就是。那是一座漂亮的小房子，牢固又结实，她想，他住在这儿真是再合适不过了。

有时候她会想，这份青涩的爱只不过是多愁善感罢了。但是现在她确信不是这样。他要走了，他要去新奥尔良和他姑妈住在一起了。他姑妈是个艺术家，这点她不是很喜欢。她听说艺术家都是怪人。

他昨天才告诉她他要走了。她想，他肯定也是有点害怕的吧。而现在，我倒成了那个害怕的人了。哦，他要走了，他不再是我的了，大家这会儿该多开心啊，她可以看到她们的笑脸。

一阵凉风吹过树梢，她拨开拂过眼前的淡金色头发。她已经快到山顶了。她突然意识到，他也在从另一边爬上来，他们会在山顶相遇。这预感令她浑身灼烫。她不想哭，她想微笑。她摸着口袋里他嘱咐她带来的照片，那是狂欢节队伍经过她们镇上时一个男人给她拍的——一张廉价的快照，甚至看起来都不像她。

她已经快到了，却一步也不想走了。只要这句道别她还没说出口，他就还是她的。她走到路边，坐在夜晚柔软的草丛中，等待着他。

"我只希望，"她凝视着月色笼罩的漆黑夜空说道，"他不会忘记我，我想这就是我唯一能期望的。"

火焰中的飞蛾

一

　　埃姆一整个下午都躺在钢架床上。她腿上盖着一床破被子。她只是躺在那儿想事情。哪怕是在亚拉巴马州，天气也已经转凉了。

　　乔治和其他乡里人都出去找萨迪·霍普金斯了，那个疯疯癫癫的老女人从监狱逃走了。可怜的老萨迪，埃姆想，她在沼泽和田野里到处跑。她以前是个那么漂亮的姑娘——我猜只是不该和那些人混在一起。结果完全疯了。

　　埃姆望向她小屋的窗外，天色已晚，天空泛着青灰色，田地像是被冻成了一道道皱纹。她把被子拽紧了一些。这个乡村真是寂寞，四英里之内再无其他农场，一边是田地，另一边是沼泽地和森林。她觉得或许她天生孤独，就好像一些人天生失明或失聪。

她环视着这个狭小逼仄的房间，四堵墙离她那么近。她静静地坐着，听着廉价闹钟的响声，滴答，滴答。

突然有种极度怪异的感觉顺着她的脊背蔓延上来，一种害怕而惊恐的感觉。她感到头皮发麻。电光火石间，她感到有个人站在离她很近的地方，用一双冰冷又疯狂的眼睛打量着她。

她一动不动地躺着，甚至能听到自己的心跳，钟表走动的声音听起来就像锤子在敲打空心木桩。埃姆知道这不是她的臆想；她知道一定有什么引发了这种恐惧；她凭直觉就知道，这股至关重要的清晰直觉遍布她的全身。

她慢慢起身，环视四周。她什么也没看到；但她感到有人在盯着她，用眼神追随着她的每一个动作。

她捡起手边碰到的第一样东西，一根烧火棍。然后她大胆地喊道："你是谁？你想干什么？"

回应她的只有冰冷的沉寂。虽然周围冷得真切，但她全身燥热，双颊滚烫。

"我知道你在这儿，"她歇斯底里地尖叫着，"你想干什么？你为什么不现身？出来，你这个鬼鬼祟祟的——"

她听见身后传来一个疲倦而害怕的声音。

"是我啊，埃姆——我是萨迪，你知道的，萨迪·霍普金斯。"

埃姆转过身来，站在她面前的是一个半裸的女人，凌乱的头发垂在伤痕累累的脸上。她的腿上血迹斑斑。

"埃姆，"她恳求道，"求你帮帮我。我又累又饿，把我藏起来吧，别让他们找到我，求求你，不要。他们会私下绞死我。他们觉得我疯了。我没有疯，你知道的，埃姆，求你了，埃姆。"她哭泣道。

埃姆吓得呆住了，无言以对。她跌跌撞撞地坐回到床边。"你来这里干什么，萨迪？你是怎么进来的？"

"我从后门进来的。"这个疯女人答道，"我得躲起来，他们穿过沼泽地朝这边来了，很快就要发现他了。哦，我不是故意的，我不是故意的，埃姆。上帝知道，我不是故意的！"

埃姆茫然地看着她，开口问道："你在说什么呀？"

"汉德森家的那个男孩，"萨迪叫道，"他在树林里追上我了。他抓着我，那么用力，还在大声喊人，我不知道该怎么办，我吓坏了。我绊了他一下，他向后摔倒了，我就跳到他身上，用一块大石头敲他的头。我敲得停不下来。我只是想把他打晕，可等我定睛一看——天哪！"

萨迪靠在门边，轻轻地笑了起来，笑声越来越高。很快，整个房间都充斥着狂野而歇斯底里的笑声。黄昏已至，石灰岩壁炉里明亮的火焰在屋子四壁投下怪异的影子。疯女人的黑眼睛里映出舞动的火焰，这火光似乎催动她由歇斯底里转向了更野蛮的疯狂。

埃姆坐在床上，吓得目瞪口呆，眼里满是困惑和恐惧。萨迪和她阴暗邪恶的笑声，把她搞得精神恍惚。

"可是你会收留我的，是吧，埃姆？"这女人尖声叫道。她盯着埃姆的眼睛。她不再笑了。"求你了，埃姆。"她恳求道，"我不想被他们抓住。我不想死，我想活命。是他们对我做出这种事情，是他们把我变成现在这样的。"

她望着炉火。她知道自己该走了。过了一会儿，她问道："埃姆，哪一片沼泽地是他们今天不会搜查到的？"

埃姆小心地坐直身子，失控的泪水灼疼了她的双眼。"霍金斯附近他们明天才会去。"谎言一出口，她就感到自己的心直往下坠；她觉得自己仿佛已经坠落了一千年。

"再见，埃姆。"

"再见，萨迪。"

萨迪走出了前门，埃姆目送着她走到沼泽地的边缘，消失在那丛林般的黑暗深处。

二

埃姆扑倒在床上开始哭泣。她一直哭，直到发着烧沉沉睡去。她是被一群男人的说话声吵醒的。她向昏暗的院子里望去，看到乔治、汉克·西蒙斯和伯尼·雅博朝屋子走来。

她迅速跳了起来，拿块湿布擦了把脸，点亮了厨房里的一盏灯。当男人们进来时，她已经在端坐读书了。

"嗨，宝贝，"乔治边说边在她脸上印下一个吻，"天哪，你怎么这么烫。你还好吧？"

她点点头。

"你好，埃姆。"另两个男人说道。

她无意回应他们的寒暄，只是坐着看书。他们每人都就着长柄勺喝了一口水。

"唔，喝起来不错。"乔治说道，"可是伙计们，咱们喝点更带劲儿的好不好？"他推了一把伯尼。

埃姆突然放下了杂志，小心翼翼地打量着他们。

"你们——你们，"她的声音有点颤抖，"你们找到萨迪了吗？"

"找到了，"乔治答道，"在霍金斯附近的泥泞沼泽地里发现了她。那边有很多漩涡，她溺死在一个涡流里，自杀了吧，我猜。咱们别说这事了，上帝，这事真可怕。这——"

但他没能说完。埃姆从桌旁跳起来，撞倒了灯，冲进了卧室。

"她这到底是怎么了？莫名其妙的。"乔治说。

沼泽恐怖事件

"我跟你说，杰普，如果你非要去这林子里找那个逃犯，那你肯定是天生大脑缺根弦。"

说话的是个小个子男孩，他深棕色的脸上长着雀斑，正急切地看着他的同伴。

"听着，"杰普说，"我很清楚我现在在干啥，我不需要你提建议，闭上你那张臭嘴吧。"

"唉，我真觉得你是疯了。如果你妈知道你去那个瘆人的森林找犯人，你看她会怎么说。"

"雷米，我压根儿不想听你说话，你可千万别再跟着我了，你可以回去了。皮特和我会接着往前走，找到那个老混蛋。然后我俩——就我俩——会告诉搜寻队的人他在哪儿。是不是，皮特，好孩子？"他拍了一下那只在他身旁小跑着的棕褐色的狗。

他们默默前行了一小段路。雷米迟疑不决。漆黑的森林寂然无声。偶尔有鸟儿在林间振翼或鸣叫；走在溪边，可以听见溪水流过岩石与小瀑布时淙淙作响。是的，这里真的太寂静了。雷米不喜欢独自返回森林边上这个念头，可他更不想和杰普继续走下去。

终于，雷米说："嗯，杰普，我想我该溜达回去了，我不想再往前走了，这些树和灌木丛密密麻麻的，犯人可能就藏在后面，随时会猛扑过来把你给弄死，死得透透的。"

"哎呦，回去吧，你个胆小鬼。真希望你一个人回去时正好在森林里撞上他。"

"好吧，再见——明天学校见。"

"也许吧，再见。"

杰普听见雷米穿过矮树丛跑了，急促的脚步声听起来像是只吓破了胆的兔子。"他就是这么个人。"杰普想，"一只吓破了胆的兔子。雷米真是个小屁孩。我们就不该带他跟咱们一块儿来，对不对，皮特？"

最后那句话他问出了声。寂静猝不及防被打破，棕褐色老狗怕是吓着了，发出一声急促而害怕的低吼。

他们走在一片寂静中。杰普时不时会停下脚步，凝神细听森林里的动静，但是，除了他自己的声音，没有半丝闯入者的响动。有时候他们会遇到一片覆满柔软绿色苔藓的空地，隐没于开满大朵白花的木兰树浓荫——死亡的气息。

"我想或许我该听雷米的。这里是够瘆人的。"他不时抬头望着树梢，看见零零碎碎的蓝天。这片森林确实幽暗——简直像是夜晚。忽然间，耳边传来嗖的一声。他几乎在同一瞬间就辨认出了那声响，因为恐惧而呆立原地——然后，皮特轻轻发出一声短促尖厉的吠叫。魔咒解除。他转过身，看见一条大响尾蛇，正准备发动二次进攻。杰普奋力跳开，却脚下一绊，趴倒在地。老天啊！完了！他努力张望，本以为会看到一条盘旋而来的蛇，但等他定下神来，却发现什么都没有。之后他看见了一截尾梢，那蛇拖着长长的响尾爬进灌木丛里去了。

有那么几分钟，他没法动弹，恍恍惚惚，身子吓得发麻。最终他用胳膊肘撑起了身体，开始寻找皮特，却哪儿也瞧不见它。他一跃而起，疯狂地四处寻找。他终于找到了皮特，它滚下了一道红色溪谷，躺在谷底，浑身僵硬而肿胀。杰普没有哭。他已经吓得哭不出来了。

现在他该怎么办呢？他并不知道自己在哪里。他开始跑，疯狂地穿过树林，可是他找不到路。哦，这有什么用呢？他迷路了。他记起了那条小溪，但也无济于事。这小溪流过沼泽地，有的地方深到蹚不过去，而且夏天常有毒蛇出没。天就要黑了，树木开始在他四周投下奇形怪状的阴影。

"那犯人怎么受得了这个地方呢？"他想道，"老天啊，那个逃犯！我完全把他抛到脑后了。我得离开这里。"

他一直跑啊跑。终于，他跑到了一小片林间空地上。明亮的月光正洒在当中。这看起来像一座大教堂。

"如果我爬上树的话，"他想，"也许就能看见田野，找到一条去那儿的路。"

他环顾四周寻找最高的树。那是一棵笔直光滑的悬铃木，下面没有枝杈，但他是个爬树好手。或许能爬上去。

他用强壮的小腿紧紧缠住树干，一点点往上爬，每爬上两英尺就下滑一英尺。他尽力把头向后仰，看着他能抓到的那根最近的树枝。他够到了那根树枝，一把抓住它，双腿在树干附近悬空摆动。有那么一小会儿，他在空中晃来晃去，觉得自己快要掉下去了。接着，他的双腿荡到了邻近的大树枝上，他跨坐在上面，气喘吁吁。片刻之后，他继续一根接一根地向上爬，地面离他越来越远。他爬到树顶，探头向四周望去，但除了树以外，什么也看不见。到处都是树。

他向下爬到一根最粗最壮的树枝上。他觉得这里很安全，离地面很远。待在这里没人能看见。今晚，他就得在树上过夜了，要是可以保持清醒、不打瞌睡该多好。可是他太累了，一切似乎都在不停地旋转。他闭了一会儿眼，差点失去了平衡。他一个激灵，从恍惚中挣脱出来，扇了自己一巴掌。

万籁俱寂。他甚至听不见蟋蟀鸣叫，听不见牛蛙吟唱小夜曲。没有。一切都安静，可怕，神秘。那是什么？他吓了一跳；他听见有人说话，声音越来越近，几乎就冲着他来了！他往下看，看到两个人影在灌木丛中移动。他们正朝空地走来。哦，哦，感谢老天！一定是搜查的人来了。

然而紧接着，他听见了其中一个人的声音，一声纤细而惊恐的尖叫："住手！求求你，求求你放了我！我想回家！"

杰普是不是在哪儿听过这声音？当然，这是雷米的声音！

但是雷米来到这森林深处干吗呢？他明明已经回家了。是谁把他带来的？这些想法在杰普脑海中闪过，他如梦初醒。雷米被那个逃亡的犯人抓住了！

一声低沉的恐吓划破空气："闭嘴，你这个混蛋！"

他能听见雷米在害怕地抽噎。现在他们的声音相当清楚了——他们差不多就在这棵树底下。杰普心惊胆战，屏住呼吸。他能听见自己的心扑通扑通地跳动，能感到腹部的肌肉因收紧而酸痛。

"小子，坐下。"犯人命令道，"别他妈给我哭！"

杰普看见雷米无助地倒在地上，在柔软的苔藓上滚了 圈，拼命想忍住哭声。

那犯人仍然站着。他是个大个子，满身肌肉。杰普看不见他的头发——被一顶大草帽盖住了，是那种被铁链锁在一起做工的苦役犯戴的草帽。

"告诉我，小子，"他猛推了一把雷米，逼问道，"有多少人在找我？"

雷米默不作声。

"给我讲！"

"我不知道。"雷米虚弱无力地回答。

"好吧，行。那你告诉我——这林子里他们都搜查过了哪片儿？"

"不知道。"

"去你妈的。"逃犯给了雷米一记大耳光，雷米又开始歇斯底里地尖叫起来。

"不！不！这种事不可能让我遇上，"杰普心想，"这都是梦，是一场噩梦，我会醒过来，发现根本没有这么回事。"

他闭上双眼，又重新睁开，试图证明这只是一场噩梦。但是逃犯和雷米还在那儿；他也还栖身树上，吓得大气都不敢喘一口。要是他手里有个什么重物就好了，可以拿来扔向逃犯的脑袋，把他打昏。但他什么都没有。逃犯又开口说话了，打断了他的思绪。

"哎，快点儿吧，小子，我们可不能一晚上都待在这儿，月亮也看不见了——要下雨了。"他透过树梢审视着天空。

杰普吓得血液都凝住了。逃犯似乎正看着他。他正注视着他坐着的树枝。他随时都会看到他。杰普闭上了双眼。逝去的每一秒锤打在他心上，都像一小时那么漫长。当他终于鼓起勇气睁开眼时，看见那犯人正试图把雷米从地上弄起来。他没看见他，谢天谢地！

逃犯吼道："快点儿，小子，别让我赏你一顿好打。"

他把雷米举到半空中，就像举起一袋土豆，然后突然把他摔了下来。"别哭了！闭上你该死的臭嘴！"他冲雷米喝道。那声音可怕极了，雷米的惊叫戛然而止。似乎发生了什么事。逃犯站在树旁，专心地听着树林深处传来的动静。

杰普也听见了。有什么东西穿过灌木丛过来，他听见小树枝一路折断的声音和沿途灌木刮擦的声音。从他坐着的地方可以看见来的是什么。十个男人朝着这片空地包抄了过来。但是逃犯只能听见动静，不确定来的是什么。他慌张起来。

雷米尖叫道："我们在这儿！这儿！就在——！"但是逃犯一把揪住了他，暗暗把雷米的脸摁向地面。雷米小小的身体蠕动着，踢打着，然后突然间无力地瘫软在地，一动不动了。杰普看见那逃犯把手从雷米的后脑勺上拿开。雷米一定出了什么事，一个念头飞快闪过，他这才反应过来——雷米死了！逃犯闷死了他！

那群男人不再蹑手蹑脚地逼近了，他们迅速突破了矮树丛，猛冲进来。那逃犯明白自己已陷入罗网之中了，靠在杰普那棵树的树干上，叫苦不迭。

之后一切都结束了。杰普大声喊叫，男人们搭起胳膊接着他。他跳下来，毫发无损地落在其中一人的怀抱里。

逃犯被手铐铐住，大骂道："那个死小子！都怨他！"

杰普看向了雷米。一个男人正在俯身查看。杰普听见这人转向他身旁的同伴说道："是的，他确实死了。"

话音刚落，杰普突然大笑起来。他笑得那样歇斯底里，咸涩滚烫的眼泪顺着他的脸颊淌了下来。

熟悉的陌生人

"还有，比乌拉，"南妮喊道，"你走之前过来把我的靠垫放好。这把摇椅真是太不舒服了。"

"好的，太太，俺这就来。"

南妮重重地叹了口气。她拿起报纸，草草地从头版浏览到社会版——只能称为社交专栏。在科林斯维尔并没有什么社会可言。

"我看看。"她一边说，一边调整着架在高傲鼻子上的那副角质框眼镜。"'颜西·贝茨夫妇前往莫比尔探望亲戚'，没什么大不了的，人们总是互相拜访。"她若有所思地小声说。她翻到讣告，读这些东西总能带给她一种残忍的快感。她认识了一辈子的人，那些自小与她一起长大的男人和女人，他们都在渐渐地死去。她很自豪：她仍然健在，而他们却冷冰冰、直挺挺地躺在坟墓里。

比乌拉进来了。她走到南妮小姐坐着读报的摇椅旁，从老妇人背后取出靠垫，把它拍鼓，再放回女主人背后的舒服位置。

"好多了，比乌拉。你知道，每年大约这个时候，我的风湿病就该犯了，太疼了，我真觉得无助极了，真的。无助极了。"

比乌拉同情地点头表示同意。

"是的，太太，俺知道这有多疼，俺有个叔叔因为这个差点儿没命。"

"比乌拉，我看报纸这里写着，老威尔·拉森去世了。有意思，居然没人给我打电话，也没人跟我提过。他以前是我的朋友，你知道，比乌拉，很好的朋友。"她俏皮地点了点头，显然是在暗示他曾经是她众多有名无实的爱慕者之一。

比乌拉瞥了一眼靠墙的落地式大摆钟。"嗯，俺想，俺最好快点儿去医生那儿为您拿药。您就待在这儿，俺很快就回来。"

她从门边消失了，大概五分钟后，南妮听见前门砰地关上。她又开始浏览报纸，尝试着对社论萌生兴趣。她试着去读一篇关于待修建的新家具厂的文章，但总有某种难以抵抗的吸引力诱使她翻回讣告部分。她反复读了两三遍。是的，他们她全都认识。

她望向壁炉里明亮的红蓝火焰。曾有多少次她像这样凝望着那个壁炉？曾有多少寒冷的冬日早晨，她从暖和的被褥里爬起来，跳着脚穿过冰凉的地板，痛苦地生火取暖？成千上万次！她一直住在住宅区主街的这幢房子里，在她之前是她的父亲和爷爷——他们是真正的开拓者，她为自己的家族传承感到自豪。但是，一切都过去了，父亲和母亲都已故去，她的老朋友们也慢慢死去，几乎难以察觉。没有人会把这看作是一个世家的终结，一个南方贵族世家的消逝——在小村落，在乡下，在城市。他们在夜幕中逝去，他们生命的微小火焰被那股看不见的奇特力量吹熄。

她把报纸从膝盖上推开，闭上双眼。屋子燥热而密不透风，令她昏昏欲睡。老式落地大摆钟报时的声音使她从睡梦边缘惊醒。铛，铛，铛，铛——

她抬起头，好像有点吓着了，她感到房间里除了她自己，还有别的什么。她找到眼镜，缓缓戴上，然后环顾四周。一切似乎都井然有序。房内安静得可怕，连街上汽车驶过的声音都听不到。

眼神终于聚焦时，她看见了他。他就站在她面前。她轻抽了一口气。

"哦，"她说，"是你。"

"这么说，你认识我？"年轻绅士说道。

"你的面容看起来很熟悉。"她的声音很镇定，只是有点惊讶。

"这并不奇怪。"绅士意味深长地说，"我和你很熟悉。我记得你小时候我曾经见过你，你是个可爱的孩子。你不记得我去拜访令堂的时候了？"

南妮努力地盯着他看。"不，我记不得了。你不可能认识我母亲——你这么年轻。我是一个老妇人，在你出生之前我母亲就已经死了。"

"哦，不——不是的。我清楚地记得令堂，她是一个非常通情达理的女人。你看起来有点像她。鼻子，眼睛，一样的白头发。特别引人注目，特别！"他俯视着她。他的眼睛很黑，嘴唇很红，好像擦了胭脂。在这老太太眼中，他似乎颇具魅力——她觉得自己被他吸引了。

"我现在记起你了。是的，当然，那会儿我还是个小女孩呢。可我记得你，有一天晚上你在深夜把我叫醒了，那是——"她突然倒吸一口凉气，眼中闪过一抹了然和恐惧的光，"——我母亲死的那天晚上！"

"没错，亲爱的，你岁数这么大了，记忆力可真好！"说到"岁数这么大"时，他故意话音一转，"不过从那以后，你记起我可不止一次了，在令尊去世那天晚上，还有其他数不清的场合。是的，的确，我们见过很多次，此时此刻，你早该认出我来了。哎，前不久的一个晚上，我还在跟你的一个老朋友聊天，他叫威尔·拉森。"

南妮的脸唰地白了，她感到一股灼痛从头部蔓延至双眼，她无法将目光从他脸上移开。她不想让他碰她，只要他不碰她，她就很安全。半晌，她声音空洞地说：

"那你一定是——"

"好了，"陌生人打断她的话，"我的好女士，咱们别纠结这些小事了。一会儿你不会觉得难受的，事实上，会相当愉快。"

她紧紧抓住椅子两边，狂乱地摇晃。"滚开，"她嘶哑地低声说道，"离我远点，不要碰我，现在不行，难道我就要这样去死吗，这不公平，求你了，离我远点！"

"哦，"雍容华贵的年轻绅士笑道，"女士，你怎么跟一个要喝蓖麻油的小孩一样。我向你保证，不会有哪怕一点点不舒服。好了，快过来吧，近一点，再近一点，让我吻吻你的额头。一点都不疼，你会感觉安宁而恬静，就像是睡着了一样。"

南妮尽力往椅子里缩。他涂红的嘴唇越靠越近。她想尖叫，可是难以呼吸。她从来没想过这件事会这样来临。她缩在椅子最内侧，拿靠垫紧紧挡住脸。他强壮有力，她能感到他把靠垫从她身上扯开。他的脸，他翘起的双唇，他多情的眼睛——他就像一个诡异的情人。

她听见门砰地关上了。她竭力高声叫道："比乌拉，比乌拉，比乌拉！"她听到奔跑的脚步声。她把靠垫扔到一边。女佣那黝黑的面庞正从上方俯视着她。

"南妮小姐，你怎么了？发生什么事了？需要俺叫医生吗？"

"他在哪儿？"

"谁啊，南妮小姐？您在说些什么啊？"

"他刚才就在这儿，我看见他了，他来找我了，哦，比乌拉，我告诉你，他刚才就在这儿。"

"噢，南妮小姐，您又做噩梦了吧。"

南妮眼里那抹癫狂的紫罗兰色异彩消失了，她将目光从困惑的比乌拉身上移开。壁炉里的火快要熄灭了，最后一簇火苗还在装模作样地跳跃着。

"噩梦吗？这次？我不知道。"

露易丝

1

埃塞尔悄悄地打开门，在黑暗的走廊里前后张望。走廊里空无一人，关上门时，她松了一口气。好吧，完成了一件事，唯一弄清楚的就是，露易丝没有保留过信件，也可能是她把信都烧了。其他人肯定都在楼下用餐，她想，我就说我头痛得厉害好了。

她蹑手蹑脚地下了楼，快速穿过大休息室，穿过露台，进了餐厅。房间里充满了女孩们的笑声和谈话声。她不露声色地走进波克小姐女子学院那安静得略显做作的餐室，挨着第四桌的波克小姐坐了下来。

迎着波克小姐询问的目光，她撒谎道："我最近饱受剧烈头痛之苦，就躺下休息了一会儿，想必是睡着了——我没有听见晚餐的钟声。"她的措辞与腔调浑然天成，波克小姐希望她的所有学生都能达到这个水平。在波克小姐看来，这位十七岁的年轻女士家世显赫，家境优渥，头脑出色，是她希望她的学生们都能效仿的典范。不过，学院里的大多数女生却认为埃塞尔在生活方面很愚蠢，而埃塞尔把她的不受欢迎归咎于露易丝·西蒙——一个美貌绝伦的法国女生。

露易丝是全校公认的女神。女生们崇拜她，老师们忌妒地赞许她，不仅因为她头脑出众，也因为她拥有近乎神秘的美貌。她身材高挑，比例完美，皮肤是深褐色的。墨黑的秀发勾勒出她的脸庞，又像浓密的波浪覆上她的双肩，在某些光线下泛着微蓝的光晕。她的眼睛，正如第四桌的女士曾经动情赞叹过的那样，漆黑如夜晚。每个人都深深爱着她，除了埃塞尔——可能还有波克小姐。这个女孩在全校产生这样大的影响，她对此隐隐不满。她觉得这对学校和女孩本人都没有好处。那女孩拥有法国帕蒂特学校和瑞士曼通学院开出的优秀推荐信。波克小姐从来没有见过她的父母，他们住在日内瓦的山间小木屋里。所有事务都由露易丝的美国监护人尼科尔先生一手操办，波克小姐每年会从他那儿收到支票。露易丝是秋季学期开学时来的，短短五个月内，这所学校已经尽在她的掌控之中。

埃塞尔看不起那个姓西蒙的姑娘。据说她是法国伯爵和科西嘉女继承人的女儿。她讨厌她的一切——她的容貌，她的受欢迎程度，她性格和举止中的微小细节。埃塞尔自己也不知道原因何在——并不完全是因为忌妒，虽然这是大部分原因；也不是因为她觉得露易丝曾偷偷取笑过她，或是表现得好像埃塞尔并不存在——是其他原因。埃塞尔怀疑露易丝有一个其他人做梦也想不到的秘密，她要查清楚她的想法是否正确。到时候，露易丝可能就不那么迷人了。她今天下午在她房间里什么也没发现，连一封信也没找到——一无所获。但是埃塞尔依然笑着穿过餐厅，来到了露易丝正谈笑风生的那一桌——因为这天晚上，埃塞尔打算和波克小姐进行一次小小的面谈！

2

在波克小姐住处的接待室里，老式落地大摆钟敲响了八下，埃塞尔站在那里紧张地等待着。屋内灯光昏暗，墙角隐在黑暗中——整个气氛都是冰冷而维多利亚式的。埃塞尔站在窗边等候，看着今年第一场雪落下，为秃树披上雪白罩衣，大地覆上银灰斗篷。"改天我一定要写一首关于这个的诗——《初雪》，埃塞尔·彭德尔顿著。"她淡淡地笑了笑，在一把饰有深色绣帏的椅子上坐了下来。

房间另一端的门开了，米尔德里德·巴奈特从波克小姐的私人客厅里走了出来。

"晚安，波克小姐，非常感谢您的帮助。"

埃塞尔从暗处走出，迅速穿过接待室。她在波克小姐的客厅门前停下来，深吸了一口气；她知道她该怎么说——这都是为了学校的利益着想，无关其他——毕竟，波克小姐必须知晓她疑心的事情。但埃塞尔知道她是在撒谎，甚至是试图把自己也骗过去。她轻轻地叩门，等待着，直到她听见波克小姐那尖尖的嗓音响起：

"请进来。"

波克小姐坐在她的壁炉前，正用一小只中国瓷杯喝着咖啡。房间里没有其他亮光。埃塞尔坐在波克小姐脚边的软垫上，产生了一种奇异的感觉：这简直就像节日贺卡上的安逸景象。

"亲爱的埃塞尔，你来看我了，真好啊，有什么我能为你做的吗？"

埃塞尔简直想笑——这真是太滑稽、太讽刺了。再有十五分钟，这位年长持重的女士就要大惊失色。

"波克小姐，有件事引起了我的注意，我相信，这件事您理当立刻关注。"她谨慎地斟酌着措辞，并用波克小姐热衷的恰当而文雅的语调说道，"此事与露易丝·西蒙有关。是这样，我家的一位医生朋友最近来学校看望我，然后——"

波克小姐放下她的小瓷杯，万分惊愕地听着埃塞尔的叙述，她庄严的脸孔涨红了。在讲述的间隙她一度大叫道："但是，埃塞尔，这不可能——所有的安排我都是通过一个非常正直的人——一位尼科尔先生——他肯定知道我们绝不会容许这种事情——这么可怕的事情！"

"我知道这是真的，"面对这种不信任的态度，埃塞尔暴躁地喊道，"我发誓！请您明天打电话问问这个尼科尔先生——告诉他这种情况不能容忍，会危及您学校的名声——问问他我说的是不是真的。我知道我是对的。别——不要只信赖尼科尔先生一个人。肯定还有权威机构——？"

波克小姐点了点头。每过一分钟，她便更增一分确信和震惊。屋子里只剩下埃塞尔的说话声，火苗轻微的噼啪声，雪花飘落在窗格上的簌簌声。

3

走廊里点着一盏昏暗的灯。埃塞尔回到了她的房间。一小时前已经发出过熄灯的信号，她只能摸黑脱衣服。她一踏入房间，就知道不对劲。房间里还有别人。

她带着惧意低语道："谁在那儿？"突然一阵战栗袭来，她想："是露易丝。她不知怎么发现了。她知道了。她来了。"

然后，在她自己的心跳声以外，她听见丝绸轻柔的沙沙声，一只手紧紧抓住了她的胳膊。

"是我——米尔德里德。"

"米尔德里德·巴奈特？"

"是的，我来这里是为了让你住手！"

埃塞尔想笑，但又停下，转成了轻咳。"我一点点、一丝丝都不明白你在说什么。什么住手呀？"但她能察觉到自己声音里的虚伪。她害怕了。

米尔德里德摇晃着她。"你知道我什么意思！你今晚见了波克小姐——我都偷听到了。也许这不是什么光彩的事，但如果我能帮露易丝摆脱你今晚说的那个谎言，我会很高兴。"

埃塞尔试图把指控者的胳膊推开。"住手！你弄痛我了！"

"你撒谎了——是不是？"米尔德里德的声音因狂怒而嘶哑。

"没有——没有——我说的是实话——我发誓。波克小姐会查清楚这是不是真的，之后你们就会知道了。到那时你们就不会再觉得小西蒙女士那么美好了！"

米尔德里德松开了埃塞尔。"你听着，不管是真还是假，对我来说都没有任何区别——你跟那个女孩甚至不是一个班的。"她停了一会儿，仔细斟酌着用词，"听我的——去找波克小姐，告诉她你在撒谎——

否则我没法保证你的健康，埃塞尔·彭德尔顿。你在玩火！"

她扔下这句话作为告别，重重摔门而去。

埃塞尔站在可怕的黑暗中，浑身发抖。不是因为露易丝——她不在乎她——而是其他人。米尔德里德可能会告诉他们。她突然知道自己要哭了。

4

波克小姐在客厅沙发上躺着，头靠在一个巨大的粉色丝制枕头上。她用手紧紧按住眼睛，试图驱散啃噬着紧绷神经的钝痛。

波克小姐不寒而栗地想到，要是埃塞尔没有来找她，而是把这些话告诉了其他学生，而他们又告诉了他们的父母，将会发生什么事。是的，埃塞尔应该受到嘉奖。

当埃塞尔走进女校长的私人地盘时，接待室的钟敲响了五下。冬日惨淡的阳光消退了，一月灰蒙蒙的暮色从厚重的窗帘间微弱地透进来。她看得出来，波克小姐正心烦意乱。

"下午好，亲爱的。"波克小姐的声音疲倦而紧张。

"您想见我？"埃塞尔尽可能让自己显得天真无辜。

波克小姐不耐烦地做了个手势。

"咱们打开天窗说亮话吧。你是对的。我打电话给尼科尔先生，要求他给我一份这姑娘父母的详细资料。她妈妈是个美国黑人，准确地说是个来自西部的黑白混血儿，是在巴黎名噪一时的舞女，嫁给了一个有钱有爵位的法国人，此人名叫亚历克西斯·西蒙。所以，正如你怀疑的那样，露易丝是有色人种，也就是专业术语所说的四分之一混血儿。真是太不幸了。但是这事当然是没法容忍的，我向尼科尔先生就是这样解释的。我告诉他她立刻就会被开除。他今晚就来接她。自然，我跟露易丝也谈过了。尽可能和善地向她解释了这个情况——噢，为什么会走到这一步呢？"

她看向埃塞尔，仿佛在寻求宽慰——但她看见的只是一个年轻女孩的脸，两片薄唇展露出讥讽的胜利微笑。波克小姐这才突然意识到自己始终被这个忌妒的女孩玩弄于股掌之中。她突然开口说道："请你离开。"

埃塞尔走后，波克小姐躺在沙发上，露易丝为自己辩护的话现在回想起来依然清晰得可怕。这有什么区别呢？她看起来并不像有色人种，她和其他女孩一样聪明迷人——还比大多数女孩都更有教养。她在这里如此开心。难道美国不是一个民主国家吗？

波克小姐试图安慰自己，她只是做了该做的事情——毕竟，她的学校是一所面向上流社会的学校。她是受了蒙骗才接收这个女孩的。但是有个声音一直在告诉她，她是错的，露易丝才是对的！

5

九点钟了。埃塞尔躺在床上，盯着天花板——尽量什么都不去想，什么都不去听。她想陷入梦乡，陷入遗忘。

忽然有人轻轻敲门。片刻，门开了，露易丝·西蒙站在那里。

埃塞尔紧紧闭上了眼睛——她没想到她会来。

"你想干吗？"她对着天花板说，并没有转过头来。

美丽的女孩站在床边，直直地俯视着埃塞尔的脸。埃塞尔能感到那双黑眼睛在盯着她看，她知道那双眼已经哭肿了。

"我来是为了问你为什么要这样对我。你这么讨厌我吗？"

"我恨你。"

"为什么？"露易丝认真地问。

"我不知道——请你离开，让我一个人待着！"

她听见露易丝打开了门。"埃塞尔，你是个奇怪的女孩。恐怕我不能理解——"门关上了。

几分钟后，埃塞尔听见车道上有车驶过。她走到窗边，向外看去。一辆黑色的豪华轿车绕过石砌大门，驶离学校。她转过身,看到了米尔德里德·巴奈特的脸。

米尔德里德平铺直叙地说:"好吧,埃塞尔,你赢了,可你也输了。我告诉过你,你是在玩火。是的,埃塞尔,在某种意义上你表现得相当精彩——要我鼓掌吗?"

这是给杰米的

1

除了星期天，每天早上朱莉小姐几乎都会带泰迪去公园玩。泰迪喜欢这些日常旅行。他会带上他的自行车或其他玩具，自娱自乐，而朱莉小姐也很乐意摆脱他，去和其他保姆谈天，或跟军官调情。泰迪最喜欢公园洒满暖阳的清晨，喷泉奔涌而出，溅起漫天水晶。

"看起来就像金子，是不是，朱莉小姐？"他朝身穿白衣、精心打扮的保姆问道。

"我倒希望是呢！"朱莉小姐通常会嘟囔一句。

泰迪遇到杰米母亲的那天，前一晚下了雨，清晨的公园清新碧绿。虽然已是将近九月底了，但看起来更像是春天的早晨。泰迪沿着铺好的小径兴高采烈地跑着。他是印第安人，是侦探，是豪门强盗，是童话里的王子，是天使，他正在灌木丛中奔跑着摆脱窃贼——最重要的是他很开心，整整两小时都是他自己的。

他在玩牛仔套索的时候看见了她。她沿小路而来，在一条空着的长凳上坐下。起先引起他注意的是她的狗。他喜欢狗，特别想养一只，但是爸爸不让，因为不想驯养小狗崽；可如果直接养成年犬，就和他想的不是一回事了。那女人的狗正是他一直以来想要的——一条粗毛小猎犬，比小狗崽大不了多少。

他慢慢走上前，有点羞怯地拍了拍小狗的头。

"真棒。""好小子。"在电影里，还有朱莉小姐给他读过的那些探险故事里，人们会这么说。

女人抬起头来。泰迪觉得她和他母亲差不多大，但母亲没有这么美丽的头发。这头发闪着金子般的光泽，像柔软的波浪。

"它棒极了。我要是也有一条这样的狗就好了。"

女人笑了，那一刻，他觉得她好美丽。"这不是我的狗，"她说，"是我儿子的狗。"她的声音也很悦耳。

泰迪的眼睛立刻亮了。"您家也有一个像我这样的小男孩？"

"哦，他比你大一点。他九岁了。"

泰迪急切地叫道："我八岁，快八岁了。"他看起来还要小一点。相较于同龄人，他个头偏小，肤色很黑。他不是个英俊的男孩，但他有张友善的脸，举止让人愿意亲近。

"您的孩子叫什么名字？"

"杰米——杰米。"她念着这名字，看起来很开心。

泰迪挨着她坐在长凳上。那条狗还在嬉戏，跳到泰迪身上搔他的腿。

"坐下，弗里斯基。"女人命令道。

"这是它的名字吗？"泰迪问，"这名字超级可爱。它真是一条很棒的狗。我也想养一条，这样我每天都能带它到公园里，我们可以一起玩，到了晚上它可以坐在我的屋里，我就跟它而不是跟朱莉小姐说话，因为弗里斯基不会在意我说了什么——它会吗？"

女人笑了，笑容深沉而有些悲伤。"我想就是因为这个，杰米才这么喜欢弗里斯基的吧。"

泰迪把狗抱起来，搁在自己的腿上。

"杰米会和它在公园里一块儿跑，扮演印第安人什么的吗？"

女人不再笑了。她把目光投向了水库。有那么一会儿，他以为她在生他的气。

"不，"她回答道，"不，他不跟弗里斯基一块儿跑。他只在地板上和它玩，他不能出去。所以我才会带弗里斯基来散步。杰米从来没有来过公园——他生病了。"

"哦，我不知道。"泰迪的脸红了。他突然看见朱莉小姐沿着小径过来了，要是她看见他跟一个陌生人说话，一定会生气的。

"希望还能见到您，"他说，"替我向杰米问好。

我得走了，或许您明天还会来，是吧？"

女人笑了。她人多么好，多么美丽啊，他又一次想道。他沿着小径跑向正在给鸽子喂面包屑的朱莉小姐，回过头喊道："再见，弗里斯基。"女人波浪似的卷发在太阳下闪着光。

2

那天晚上，他一直在想那个女人，还有那个小男孩杰米。如果杰米没法出门，肯定是得了很严重的病吧。泰迪躺在床上时，弗里斯基总在他眼前出现。他希望明天那个女人还会到公园去。

第二天早上，朱莉小姐摇醒了他，急促地命令道："快点，你这懒骨头！现在马上给我起床，否则你就别想去公园了。"

泰迪立刻从床上一跃而起，跑向窗边。空气干净凉爽，带着清晨的新鲜气息。今天公园里一定很美！

"耶！耶！"他大叫着狂奔进洗漱间。

"这孩子是怎么了？"朱莉小姐望着飞奔的泰迪，十分不解。

当他们到达公园时，泰迪趁着朱莉小姐跟另外两个保姆聊天的当口溜走了。长而曲折的公园小径几乎空无一人。他感到一种彻底的自在与自由。他一路左闪右避钻出矮树丛到达水库，发现女人和那条狗就在他的正前方。

狗冲着泰迪叫，她抬起了头。

"你好，泰迪。"她热情地向他打招呼。

他很开心她还记得他。她真是太好了！"你好，你好，弗里斯基。"他坐到长凳上，狗跳到他身上，舔他的手，轻轻蹭着他的胸口。

"哇，"泰迪尖声叫道，"好痒啊。"

"我已经等了你将近十分钟了。"女人说道。

"等我吗？"他吓了一跳，同时又感觉特别开心。

"是啊，"她笑着说，"太阳落山之前我需要回到杰米身边。"

"是啊，"泰迪急忙开心地说，"当然，对吧？我打赌弗里斯基在公园玩耍的时候杰米会想念它的。我知道，如果它是我的狗的话，我决不会让它离开我的视线。"

　　"但是杰米没有你幸运，"她说，"他不能跑着玩。"

　　泰迪抚摸着狗，把他温暖的脸颊贴到狗冰冷的鼻子上。他曾经听说，如果狗的鼻子是凉的，那说明它很健康。

　　"杰米得了什么病？"

　　"哦，"她含糊地答道，"类似咳嗽，严重的咳嗽。"

　　"那他病得应该不重。"泰迪爽朗地说，"我得过好多次咳嗽，也就在床上躺了两三天。"

　　她微微一笑。他们无言地坐着。泰迪爱抚着膝盖上的狗，很希望它能跳下来跟着他在那片标着"禁止践踏"的绿色草坪上奔跑。

　　不久，她站起身来，握住拴狗的绳子。"我得走了。"

　　"您这就要走吗？"

"对，恐怕是的。我答应过杰米马上就回去，我本来只是要去雪茄店给他买几本漫画杂志。如果我不快点，他会报警的！"

"哦，"他热切地说，"我家里有好多漫画杂志。我明天带几本给杰米！"

"真好，"女人说，"我会告诉他的，他可喜欢看杂志了。"她沿着小路离开了。

"咱们明天还在这儿见面，我会带杂志过来，带上一大堆！"他在她身后喊道。

"好的，"她回道，"明天。"他站在那里目送她远去，心想，有个像她这样的母亲，有只弗里斯基那样的狗，多美好啊。哦，杰米可真是个幸运的男孩。就在这时，他听见朱莉小姐正扯着嗓子喊他。

"泰迪，哦——唷嗬！泰迪你马上过来。朱莉小姐到处找你。你这个淘气的孩子，朱莉小姐生你的气了。"

他大笑着转过身，朝她的方向跑去。他一下子拼尽全力跑了起来，感觉自己像一棵被风吹拂的树苗。

那天晚上，他吃完饭，洗了个澡，开始动手整理他所有的漫画杂志。它们杂乱地塞在壁橱、杉木箱子和书架里。除了这些封面鲜亮的漫画杂志，他的书架上全是严肃读物——《儿童知识手册》《儿童诗篇园地》《儿童必读书目》。

在他整理出三十本近期新出的杂志时，爸妈来道晚安了。妈妈穿着一件饰有花朵的长晚礼服，发间插着鲜花、喷着香水。他喜欢这种栀子花的味道，浓烈的甜味。爸爸穿着无尾礼服，拿着一顶丝制高筒帽。

"你收拾这么多杂志干什么？"妈妈问道。

"给一个朋友。"泰迪希望她别再问了，如果被她知道了，就没那么神秘刺激了。

"得了，埃伦，"爸爸不耐烦地说，"八点半演出就开始了，我受够了在演到一半时进场。"

"晚安，亲爱的！"

"晚安，儿子。"

他们关门时，他冲他们抛了个飞吻，然后迅速转向了他那堆杂志。他取下新衣服的包装纸，笨拙地把杂志包成了一个大包裹。他用粗糙的大绳把包裹捆好，后退几步打量着。有哪里不对，他想。不够别致——看起来不像礼物。

他走到桌边，在里面翻了一会儿，找到一盒蜡笔。他挑出红色和绿色，在上面交替写道"这是"，然后换成蓝色和红色继续写道："给杰米的——来自泰迪。"

他十分满意。在朱莉小姐进来关灯、开窗之前，他把包裹收了起来。

第二天早晨，准备去公园之前，他拿出自己的红色小拖车，把包裹放在里面，拿玩具盖上。

等他们到了公园，泰迪注意到，要从朱莉小姐身边溜走太容易了。她穿了自己最好的裙子，神采飞扬，口红涂得比以前更浓。泰迪知道她在等欧弗拉哈迪军官，那是她的未婚夫，至少朱莉小姐是这么认为的。

"去吧泰迪，跑去好好玩吧。但是要记得朱莉小姐在运动场等着你。"

他尽可能快地跑向水库。他带着拖车，没有办法抄小径。拖车在他身后颠簸着前进。

他看见了弗里斯基和坐在长凳上的女人。

她看见他，笑了起来："我看，今天很准时嘛。"

他把拖车停在凳子边上，挪开玩具，骄傲地把一大包杂志展示给她看。

"噢，"她叫道，"好大一包！哎呀，杰米可能永远都读不完。他肯定会喜欢的，泰迪。过来，让我给你一个吻。"

当她亲吻他脸颊的时候，他微微红了脸。

"你真是个好孩子，"她一边轻声说一边站起身来，裹紧了身上的外套，"昨晚我们不得不把杰米送到医院去了。"

"他没法看这些漫画了吗？"泰迪担心地问道。

"不会的，"她微笑着说，"他当然可以看——这些够他忙的了。我唯一担心的是我能不能拿得动。"

她拿起大包裹，疲倦地叹了口气。弗里斯基在旁边跳着，扯着绳子，她手里的书都快拿不住了。

"停下，弗里斯基。"泰迪喊道。

"好吧，再次谢谢你，泰迪。我今天不能再待下去了。"她挥挥手，沿着小径离开，弗里斯基扯着绳子朝泰迪跑去。

"您明天还来吗？"泰迪喊道。

"我不知道——也许吧。"她喊道，转了个弯，消失了。

他想追上她，跟她去医院见见杰米，跟弗里斯基一起玩，让女人再度亲吻他的脸颊，告诉他他是个好孩子。但他没有这么做。他回到了运动场，找到朱莉小姐，回家去了。

第二天，他一去公园就直奔那张长凳，可那儿一个人也没有。他等了一个半小时。他突然伤心地意识到，她不会来了——她再也不会来了，他再也见不到她和弗里斯基了。他想哭，但他不允许自己哭。

之后的一天是周日，他去不了公园。上午他去了教堂。下午奶奶来家中做客，一直在出神地望着他。

"不是我说，埃伦，那孩子病了！一下午他都表现得很奇怪。你知道吗，我给他钱去买汽水，他说他不想要。他说他想要一条狗，一条粗毛狗，他可以管它叫弗里斯基。这还不够奇怪吗！"

晚上，爸爸试图套出些话来。

"儿子，你不舒服吗？发生了什么，你可以跟我说吗？"

泰迪噘起小嘴。"嗯，爸爸，有一只狗，一只叫弗里斯基的小狗——一个生病的男孩的母亲——杰米——他——"

妈妈出现在门口。"比尔，如果我们要去阿伯特家，你最好快点。他们等着咱们七点去喝鸡尾酒呢。"

爸爸站起身来，看了一眼手表。"我改天再跟你谈，儿子。"他走了，不久，泰迪听见公寓门砰地关上了。

他正躺在床上哭泣时，朱莉小姐进来了。她看起来很兴奋，脸涨得通红。她抱着他，拍拍他的脑袋，这是他第一次知道她还会安慰人，有那么一瞬间，他几乎开始喜欢她了。

"你猜发生了什么，泰迪！你永远都猜不到！你猜？"

他抬头看了看，不再哭了。"我不想猜。我不喜欢猜。我爸爸妈妈不爱我——没有人爱我——至少你认识的人里没有。"

朱莉小姐轻笑起来。

"哦，你可真是个小傻瓜，泰迪。傻小子——哦，我想我们都会经历这个年纪。"

朱莉小姐已经那么大年纪了！

"但是你还没猜呢。哦，好吧，我来告诉你。欧弗拉哈迪先生向我求婚了！"她笑容满面。

"你答应了吗？"他问道。

她伸出手向泰迪展示一枚镶着紫水晶的银戒指，泰迪觉得那应该是订婚戒指。

她站起来，匆匆回了房间。当晚她没来哄他睡觉，也没来把窗户打开。

第二天他醒得特别早。还没人起床，甚至连朱莉小姐都没醒。爸妈的卧室悄无声响，女佣那边也同样安静。他小心翼翼地悄悄穿好衣服，偷偷溜出了公寓，沿着长长的走廊向楼梯走去。他没敢按铃叫电梯。

公园清冷却美丽。除了一个在长凳上睡觉的人之外，再无他人。他缩成一团，看起来又冷又饿又丑，泰迪跑过他的时候甚至没敢再看第二眼。

他去了水库，在之前那条长凳上坐下来。他打定主意要在这里坐着，直到弗里斯基和杰米的母亲到来为止，哪怕要等一天。

水面很美。他想象那是一片汪洋大海，他驾着一艘船横渡而过，伴随着乐师奏出的美妙旋律，就像在电影里一样。

他坐了好一会儿，才看见第一个骑马的人。他知道，骑士出场就表明已经不早了。在第一名之后，一大群骑士蜂拥而至，他逐一点着个数。他曾见过许多名人在公园里骑马，但如果朱莉小姐没有把他们指出来，他也不能把他们和普通人区分开。

然后马车和保姆也陆续出现了。已经快十点了。又圆又亮的太阳悬在空中，散发着勾人入睡的温暖光芒。他感觉自己几乎要睡着了。

突然，他听见一声狗吠，随后又是一声。一只粗毛小猎犬跳到长凳上，坐在他身旁。

"弗里斯基——弗里斯基——"他喊道，"是你！"

一个瘦削高挑的男人牵着狗绳的一端。泰迪迷惑不解地望着他。

"你叫什么名字，孩子？"陌生人问道。

"泰迪。"他害怕地小声回答。

男人递给他一个信封。"那我猜这是给你的。"

泰迪忐忑不安地撕开。信上的字迹纤细而优雅。他吃力地读着。

亲爱的泰迪，

弗里斯基就送给你了。杰米会希望你养它的。

信没有署名。泰迪盯着信看了好一会儿，直到他无法看清。他一把抓住那只小狗，紧紧将它搂在怀里。他总算可以跟爸爸妈妈解释了。

然后他想起了那个男人。他抬头望去，四处寻找，但是男人已经走了。他能看见的只有小径、树木、草坪，还有在晨光中闪烁着的水库。

露西

露西是我妈妈热爱南方烹饪的产物。那时我在南方消夏，妈妈写信给姑妈，让她找一个真正会做饭又愿意来纽约的黑人女子。

　　掘地三尺，她们找到了露西。她深褐色的皮肤比大多数黑人浅一些，容貌也更精致。她个子高挑，相当丰满。她曾是黑人儿童学校的老师，但她似乎有一种与生俱来的天分，不是通过读书习得，而是作为大地的孩子，对一切生命都怀着深深的理解和同情。正如许多南方黑人一样，她很虔诚，即使是现在，我仿佛还能看见她坐在厨房里读《圣经》，无比真诚地向我宣称她是"上帝的孩子"。

于是我们雇用了露西。那个九月的清晨，当她从宾夕法尼亚火车站①下车时，你能看到她眼中的骄傲与欢欣。她告诉我，她这一生都想去北方，就像她说的，"像一个人一样生活"。那个清晨，她觉得她永远也不想再见识偏执而残酷的种族隔离了。

那时我们住在河滨大道的一间公寓里。透过前窗，哈德逊河及耸入天际的帕利塞兹峭壁尽收眼底。清晨，这座峭壁像是迎接黎明的使者；而到了日落时分，河水染上深深浅浅的绯红，峭壁闪烁着万丈金光，仿佛屹立着的远古哨兵。

日落时分，露西有时会坐在公寓的窗前，满含柔情地注视着这座全世界最伟大的都市里白昼消逝的壮观景象。

"嗯，嗯，"她会说，"如果妈妈和乔治能来看看就好了。"起初，她喜欢明亮的灯光和一切声响。几乎每个星期六，她都会带我去百老汇，奔赴一场场

①纽约最主要的城际火车站与通勤火车枢纽。美国很多城市都有同名车站。

134

戏剧的纵情狂欢，她疯狂迷恋歌舞杂耍，而箭牌广告牌①本身就是一出戏。

我和露西经常做伴。有时下午放学后，她会辅导我做数学作业，她精通数学。她读过很多诗，但她完全不懂诗，只是喜欢念这些词，偶尔也喜欢其中隐藏的情感。正是在听她读诗时，我第一次意识到她是多么想家。当她读南方主题的诗时，她读得很美，还带着一种独特的悲悯。她声音轻柔，温柔而怜悯地吟诵着诗句，如果我抬眼足够快，就会捕捉到她那双优美的黑眸中闪过的一抹泪光，如果我指出这点来，她就会大笑着耸耸肩。

"这诗太美了，是吧？"

露西工作时，总会一边干活，一边轻柔地唱着蓝调音乐。我喜欢听她唱歌。有一次我们去看艾索·华特丝②的演出，之后她接连几天都在房里四处转悠，模

---

① 20 世纪 30 年代悬挂于纽约时代广场的绿箭口香糖巨型广告牌饰以彩灯，设计活泼炫目，已成为时代标记。
②首位在百老汇演出的黑人女歌手。

仿着艾索，最后她宣布要参加一场业余比赛。我永远忘不了那场比赛，她拿了亚军，我手掌都拍红了。她唱着"多可爱，多可口，多可喜"，直到现在我还记得歌词，我们排练了那么多次，她生怕自己会忘词。当她登台表演时，她的嗓音颤抖得恰到好处，听起来正像是艾索·华特丝。

可是露西最终还是放弃了她的音乐事业，因为她认识了佩德罗，没有时间去做其他事情了。他是楼里的一名地下室工人，两人比蜜糖还要甜。这时露西刚来纽约五个月，严格意义上讲她还很青涩。佩德罗就圆滑多了，穿着浮夸俗丽。我很不开心，因为我再也没有去看过演出了。妈妈笑着说："嗯，我想我们已经失去她了，她也会变得像北方人的。"她似乎不太在意，但是我在意。

后来，露西也不喜欢佩德罗了，她比之前任何时候都更孤单了。有时她的信摊开放着，我会看到像这样的内容：

亲爱的露西，

　　你爸病了，整天躺在床上。他跟你问好。俺们猜你在那儿没时间跟俺们聊天。你弟乔治去了彭萨克拉，在那儿的制瓶厂上班。给你俺们全部的爱。

　　　　　　　　　　　　　　　　妈妈

　　有时候，在深夜，我能听到她在自己的屋子里轻声哭泣，那时我便明白，她要回家了。纽约不过是一片浩瀚的孤独。哈德逊河一直都在汩汩低语着"亚拉巴马河"①。是的，亚拉巴马河裹挟着它的所有红色泥沙，伴着汇入的沿泽细流，从高处流向堤岸。

　　那些明亮的光——几盏在黑暗中闪烁的灯笼，北美夜鹰的孤独叫声，回荡着尖厉汽笛声的夜间火车。坚硬的水泥，锃亮冰冷的钢，烟雾，滑稽戏，阴湿地下通道中地铁的闷响。哐当，哐当——柔软的青草——

①流经美国东南部亚拉巴马州的大河，由北向南注入墨西哥湾。

还有烈日，热，热极了，却如此抚慰人心，赤裸的双足，淌过细沙的冰凉溪水，光滑如肥皂的软质鹅卵石。这个城市容不下大地的孩子，妈妈在召唤我回家。乔治，我是上帝的孩子。

是的，我知道她要走了。所以当她告诉我她要离开时，我并不惊讶。我的嘴巴张开又合上，我感到眼里泛起泪水，心里空落落的。

她是在五月离开的，那是个温暖的夜晚，城市上方是一片红色的天空。我递给她一盒糖果，全都是樱桃夹心巧克力（那是她最喜欢的），还有一包杂志。

爸妈开车送她去公共汽车站。当他们离开公寓时，我跑到窗前，探出窗台外，一直看着他们出来，钻进汽车，车子缓慢而优雅地驶出了我的视野。

我已经能听到她在说："噢，妈妈，纽约太棒了，那么多人，我还亲眼见到了电影明星，噢，妈妈！"

向西之旅

4

一桌四椅。桌上放着纸，椅中坐着人。街边窗内。街上行人，窗上雨滴。或许这是一幅抽象作品，一幅画，但那些无辜而不知情的人正从窗下走过，雨点溅湿了窗户。

椅中人没有动，所以桌上严谨的法律文书也没有动。然后——

"先生们，我们四方的利益已被集中考量、合理协调。现在起，各方都应依据己方的具体情况采取行动。因此，我建议我们应表示一致同意，在此签上我们的名字，然后分开。"

一个男人手拿一张纸站了起来。另一人跟着站了起来，接过纸，扫了一眼，说道：

　　"这符合我们的需求，起草得很好。的确，这份文件确保了我们公司的优势和安全，是的，我从中读到了可观的红利。我会签字。"

　　第三个人站了起来。他扶正眼镜，细读这卷文书，嘴唇无声地动了几下。等他出声时，每个字都经过了仔细斟酌：

　　"我们必须承认——我们的律师也同意——这份声明的内容和措辞是明确的，我从各方面综合考虑得出结论：尽管声明允诺我们获取一系列权力，但明确了哪些是我们合法可得的、依法应得的。因此，我会签名。"他重新读了一遍，然后传给了第四个人。

　　像其他人那样，他也是一名企业管理者，也应欣然签名然后离去。但是，他眉头紧锁。他坐下，阅读，浏览，检查。他放下了文件。

　　"我虽然同意，却不能在文件上签字，你们也不能。"他看着其他人大惊失色的面孔,"正是它许诺的权力本身毁掉了它。正是因为你们刚才给出的那些理由,因为那些它所准许的合法措施。广泛庞大的目标,充分保障的支持,强有力的可行举措,虽然这是合法的,但不适合我们。如果这是非法的,我们还可以冒这个险,因为法律会采取相反的行动——支持,而不是压迫成千上万的工人;保护,而不是损害弱者的利益。

"但如果法律,我们的政府,允许我们拥有通过合法途径订立这份文本的权力,为了我们的利益而改变成千上万人的利益——甚至滥用那些我们所代表的人的利益;那么我们就必须划定一条底线——抵制那些拿我们关切之人的幸福去冒险的措施。

"我们手握权力,就像所有为伟大利益服务的人一样。但如果我们以上帝的名义来评判,作为掌握权势的人,就会感受到我们对'普通人'负有的责任,这也是有钱人最难做的事。先生们,我恳请你们,不要采取这种自私的行动。"

房间再一次陷入了死寂。一个商人刚刚摧毁了一种规则，揭示了另一种规则。

另外三人见证了他的论证，以手足情谊取代了过去的商业目标。

"让我们坐巴士离开这里，把文件依法销毁。"

3

清晨明亮的阳光横洒在一排排屋顶上，也打在山上房子那紧紧拉上的百叶窗上。

有人叩门。老式大床上的被子动了一下，枕头上现出一张睡意蒙眬的脸。

两个刚刮过脸的修长小伙子走了进来。

一个人说道："早上好，叔叔。您的橘子汁。"他兄弟走到窗前升起百叶窗，阳光迫不及待地涌入房间。

"格里高利，你迟到了。"床上的人低吼道。他抿了一口果汁，从床上起来。"真是活见鬼！如果米妮再把籽儿留在饮料里，我就解雇她。"他把籽儿一口吐到地毯上。

"亨利，捡起来，扔到废纸篓里去。"他命令道。

"叔叔，"格里高利扔完东西回来，咧嘴笑道，"您的腿怎么样了？我们有个好消息——"

"闭嘴，"年长者粗声粗气地说，"当我让亨利干一件事的时候，我指的是让亨利去做。你们是双胞胎，没错，但是我能分辨出来。所以，格里高利，把那粒籽儿从废纸篓里拿出来，让亨利照我说的做。

"我这辈子，就是要让一切事物都务必保持应有的样子。我的图书馆一直是这样。我的房间一直是这样。我的房子也一直是这样。我去城里工作，去教堂祈祷，每次都是一样。我按照我应有的方式去思考和行动。我作为镇长的强大力量不在于我本人，而在于我良好的习惯——"

"哦，您会再次当选的，叔叔。"其中一个年轻人高兴地说，"但是现在，我们有个好消息带给您——"

"见鬼，孩子，我当然会当选的！"病人打断了他的话，"我说的不是这个。"他不耐烦地做了个手势，又要了一个枕头。"我最担心的是你们俩。你们去世的父亲把你们俩托付给我了，可是上帝，我能做些什么呢？我的腿折了——不得不锯掉，你们知道。我得把你俩派到我的办公室，直到我痊愈。见鬼！失去一条腿是一回事，但是因为别人的愚蠢而输掉一场选举可就太过分了。还有，你们有没有碰过地板上的填字游戏？……很好，我得放松一下。"

"我们有好消息，叔叔——"

可他又缩回到被子里去了。他的怒气在消退。他注意到阳光正在他的床头嬉戏。"你们先听我说。"他的声音听上去很难过。

"我这一生过得不错。"他转向他们，"可我从没感受过任何乐趣。一丁点儿都没有。我忙到没法结婚，没怎么理过女人。我不抽烟，不喝酒，不骂——真见鬼。我骂人，但这事毫无乐趣。打高尔夫对我来说也不是乐事，从未破过九十杆。我从来没有喜欢过音乐，

146

或是诗歌，或是——"他想到了他的填字游戏。他突然沉默了，一直沉默着……他的思绪沿着之前从未有过的奇特轨迹游移。

阳光移上了他的脸，亲昵地打着招呼。

"天哪，孩子们！"他嚷道，"我从来没这么想过！政治就是一个巨大的填字游戏——如此愉悦。并且——"他坐直了，"生活也是如此！啊啊啊！"他从来没有这样笑过。"昨天晚上，亨利，我还在想，要是我有两条腿的话，我是可以有所成就的。但是现在，不管是不是瘸子，我觉得我都能像——就像——"他环视房间，"对！就像那太阳！"

他伸出因快乐而颤抖的手指，指向那个大火球。

"我们的叔叔啊！"双胞胎大笑道。亨利说："您的双腿还是自己的。这就是好消息！医生说没必要截肢。您应该尽快开始行走。明天下午咱们三个就搭巴士进城去！"

2

一张十英寸的唱片在唱机转盘上旋转，小型扬声器里传出一曲美妙而激昂的小号独奏。女孩从她坐的长椅上站起身，伸手去够开关，小号高亢的音调呜咽着消逝了。

音乐声打扰到她了——她正在童年里神游呢。

小试听间外面，成排唱片围着两个男人。一人挑出一张贝多芬的四重奏递给另一人。

"那位年轻女士一用完机器您就可以试试这个，先生。"

"不必了。"另外那人笑道，"我想，布达佩斯弦乐四重奏我不用听也信得过。"女孩从试听间走出来，在柜台上放了五十五美分。

"我买这个。"她举起唱片说道。男人和女孩离开了音像店，胳膊下夹着各自的唱片。

"真是个暖和的日子。"她开口说道。

"哦，"他回答，"白天对我来说始终毫无意义。

夜晚也是，不再有任何意义。"

"你也这么认为吗？"她迅速回应，"你觉得自己就像——就像轨道上的机车，不知自己将要去向何方？"她脸红了——毕竟他是个陌生人。"不过，我是认真的，你觉得生活有什么意义吗？"

"我没有夜晚，我没有白天。"他真诚地说，"真的，我只有一样东西。"他举起唱片。"音乐支撑着我的生命。"他转向女孩。他发现她很美丽，这美丽更多来自她的魅力而不是她的面孔。他友好地牵住女孩的手，说道："你要穿过公园吗？"

"行啊。"她回答。他们沿小径而行。一分钟后，他们来到两棵树中间的一条木质长椅旁。

"我总是会在这儿待一会儿。"他说着，松开了她的手，"或许我们还会再见面的。"

她脸颊上泛着红晕。她微微颤抖着，用一只手摸着他的外套，低声说道："你介意我和你坐在一起吗？哦，拜托！我必须这么做！"她沉默地站着。

他咬着嘴唇，轻轻拿过她的唱片，连同他的一起放在长椅上，把她拉到他身边坐下。过了一会儿，他把她拉得更近了，慢慢把一只胳膊放在她身后。

"我不敢奢望，"他喃喃道，"第一次见到你的那一刻，我才明白为什么音乐对我意义如此重大。从某种程度来说，它是一个替代品——一个极好的替代品，能替代某些更美好的事物——比如——"他凝视着她，"你。"

他们坐在那里，彼此都因对方而激动得发颤。

"此刻绕着我们旋转的地球，就像一张巨大的唱片，"他继续说道，"这张唱片奏出的是——听吧，看吧——生命之歌！"

"现在，音乐无处不在。这些树，这些草，这天空，都随着我们的节奏摇摆。"他伸出一只手臂，"哦，我的爱！"他俯身亲吻她。

"明天下午我们乘巴士去城里领证，再办余下的事情。"

"好的。"她哼唱着，正了正他的衣领。

1

亲爱的妈妈，

　　我怀着一颗真正谦卑的心提笔给您写这封信，亲爱的妈妈。在今天早晨太阳升起时，我看到了我和其他人弱点之外的东西。

　　我生命的最初十年里全是我自己，我自己，我自己，只有我自己。我只在乎您给我的东西。我想要食物、睡眠和快乐。我就像是一只沉迷自我的猴子，不在乎谁在我身边，也不在乎为什么。

　　之后几年里我逐渐感觉到了"存在"。存在些什么我并不在乎，我只知道，如果我做了正确的事，"存在"就会微笑。但如果我只考虑自己而伤害了他人，这个"存在"就会脸色阴沉。

　　后来我渐渐爱上了这个"存在"，我称它为上帝。它助我看见那就是生活的真相。我明白我应该追随它，我试着接近它。但是它说："你还没准备好。"它在我附近徘徊。

我气馁于发现它还不属于我。我断然责备它，然后几乎回到了我生命的第一阶段。我学会了抽烟，咒骂，逍遥快活——我以为自己不在乎。

但是这个"存在"低声鼓励着我。我听从了。它在我面前投下这样一束光，我无从抵挡。我唯一害怕的是，我至死都够不到这束光。

在挣扎中，我发现了我的脆弱。在上帝的低语中，我也得知了我的力量。所以我发现了另一种可行之法：如果不能抵达那束光，就必须建立一种个人的信念，能同时适用于天赋和挫折。

它的确创造了巨大的奇迹，正因为目标难以企及，我获得了一个发掘和运用自己力量的机会。

然而我发现这个信念无法实现，所以我又把"上帝的存在"加入其中，它使我确信，一切痛苦与困难都是值得的。

尽管如此，那束光还是没有降临。我现在奋斗只是为了让上帝的存在位于我心中，但我并没有拥有它。我让上帝与我对话；我祈求他与我对话。我遵从他的意愿，尝试实现他的意志。

所以今天，太阳给我带来了一份礼物。亲爱的妈妈，"它"降临到我身上了——在这完美的一天。这是完美的一天，因为我收到了美利坚合众国军队的录取通知书。我明天就去乘巴士。

爱您的儿子＿＿＿

0

美联社——"今晚有十人在本季节最严重的交通事故里丧生。一辆于傍晚出发的巴士撞上了一辆迎面驶来的卡车，当场翻车。死者中有四名企业高管，一名小镇镇长，以及一位年轻女士。完整死者名单见第三十二版。"

"每个人都必须按自己的方式上天堂。"

同道中人

"当然，确实让我大吃一惊。他从高高的桥栏杆上跌落到河里，几乎没有溅起水花。周围绝对没有人看到。"马丁·里滕豪斯太太停下来，叹了口气，搅动着她的茶，"事发时我穿着一件蓝色裙子。多么漂亮的裙子——和我的眼睛很配。可怜的马丁非常喜欢它。"

"但我知道溺水令人愉快。"格林太太说道。

"哦，确实如此，是一种相当愉快的——离别的方式。是的，如果这个可怜人可以自己选择出路的话，我确定他还是会选择——水。不过，尽管听起来很刺耳，但我不能假装我没有为摆脱他而高兴。"

"怎么说？"

"他酗酒，还不止如此，"里滕豪斯太太严肃地说，"他也有些多情，算得上是轻浮。而且闪烁其词。"

"你的意思是，说谎？"

"还不止如此。"

这是一间天花板很高的狭小房间，两位女士在里面谈话。房间布置得很舒适，但没什么特色。褪了色的绿色窗帘低垂着，将冬日的午后阻隔在外。一簇火苗在石砌的壁炉里轻声作响，懒洋洋地燃烧着，在蜷缩于炉边的一只慵懒猫咪眼中映出两池金黄。一串铃铛系在猫的脖子上，随着它的动作发出冰冷的声音。

"我从来不喜欢叫马丁的男人。"格林太太说。

来访的里滕豪斯太太点了点头。她僵硬地坐在一把看上去很脆弱的椅子上，不停地用柠檬片搅动她的茶。她穿着深紫色连衣裙，一顶铁锹状的黑帽子戴在她假发般的灰色卷发上。她的脸很瘦，但棱角分明，仿佛是比照严苛标准塑造的：这张脸似乎满足于呈现某种单一而痛苦的表情。

　　格林太太补充道："叫哈里的男人也一样。"她丈夫的名字正是哈里。格林太太两百多磅的身躯藏在肉色的睡衣里，奢侈地占去了一个三座沙发的大部分。她的脸庞大而丰满，几乎被拔光了的眉毛被画成古怪模样，看上去就像在做一件羞耻的私密之事时被人吓了一大跳。她正在锉指甲。

　　现在这两个女人之间的关系很难界定：并非友谊，而是某种更深厚的关系。里滕豪斯太太曾说："我们是同道中人。"这可能是最贴切的称谓。

　　"这一切都发生在意大利？"

　　"在法国，"里滕豪斯太太纠正道，"准确地说，是在马赛。那是座不可思议的城市，到处都是微妙的光和影。马丁摔下去的时候，我听见他在尖叫——相当凶险。是的，马赛令人兴奋。可怜的人，他连游泳都不会。"

　　格林太太把指甲锉藏在沙发垫之间。"就个人而言，我并不同情他。"她说，"如果是我的话——好吧，他翻越栏杆时就可以得到一些帮助了。"

"真的吗？"里滕豪斯太太说道。她的表情微微明朗了一点。

"当然。我从来不喜欢他的声音。还记得你告诉过我的那次威尼斯事件吗？还有，他是做香肠之类的，不是吗？"

里滕豪斯太太话中略带酸意。"他是香肠大王。至少他一向是这么宣称的。但我不应该抱怨——公司卖了一个好价钱，尽管我不明白为什么有人会想吃香肠。"

"看看你！"格林太太挥动着一只保养良好的手，大声地说，"看看你——一个自由的女人。想买什么就买什么，想干什么喜欢的事都可以。而我呢——"她的手指紧紧绞在一起，面色冷峻地摇了摇头，"再来杯茶吗？"

"谢谢。请加一块糖。"

一根木头在火炉中裂开，火星噼啪作响。壁炉架顶上一只镀金的时钟敲了五下，带着曲调的钟声在寂静中响起。

不一会儿，里滕豪斯太太带着回忆的悲伤说："我把那条蓝裙子送给了宾馆的一个女服务员。他摔下去之前试图抓住我，把领子扯裂了一道口子。之后我就去了巴黎，住在一间漂亮的公寓里，一直住到春天。那是一个可爱的春天。公园里的孩子整洁而安静，我整天坐在那儿喂鸽子吃面包屑。巴黎人很神经质。"

"葬礼花钱多吗？我是说，马丁的葬礼。"

里滕豪斯太太轻声笑了笑，向前探了探身子，低声说道："我把他火化了。有意思[①]吧？哦，是啊——就把他的骨灰包起来装在一只鞋盒里，送到埃及去了。为什么是埃及，我也不知道。只是他厌恶埃及，我自己倒很喜欢。这个国家太棒了，但他一直不想去。这就是有趣之处了。不过，有一件事让我觉得非常安心：

[①]原文为 priceless，同时有"无价"与"有趣、可笑"之意。

我在包装上写了回邮地址，但没人把它邮回来。不知怎的，我觉得他一定已经抵达了他应去的安息之所。"

格林太太一拍大腿，嚷道："法老王中的香肠王！"里滕豪斯太太在她那天生的神秘莫测允许的范围内享受着这个玩笑。

"可是埃及，"格林太太叹了口气，擦掉笑出的眼泪，"我总是对自己说：'希尔达，你应该过一种旅行的生活——去印度，去东方，去夏威夷。'我总是对自己这么说。"然后，她有些厌恶地补充道："但你从来没见过哈里吧？哦，我的上帝！无可救药地乏味，无可救药地市侩。无可救药！"

"我知道这种人，"里滕豪斯太太尖刻地说，"自称是国家的脊梁。哈，甚至连讨人嫌的价值都没有。亲爱的，说白了就是，如果他们没钱，就甩了他们。如果他们有钱，又哪有比独自享用这笔钱更爽快的呢？"

"你说得太对了！"

"哎，把自己浪费在那种男人身上可悲又无益。

哪种男人都一样。"

"确实。"格林太太评论道。她换了个姿势，庞大的身躯在睡衣下颤抖，她沉思着用一根手指轻戳了一下结实的脸颊。"我经常考虑和哈里离婚，可代价太高昂。我们结婚也有十九年了，订婚还要再往前推五年。哪怕我只是提议离婚，我敢肯定那冲击几乎可以——"

"杀了他。"里滕豪斯太太截断话，迅速垂下眼睛，望着茶杯。一抹血色涌上她的脸颊，她的嘴唇极其迅速地噘了一下。过了一会儿，她说道："我一直在考虑去墨西哥旅行。那里有个迷人的沿海城市，叫作阿卡普尔科，许多艺术家都住在那儿。他们在月光下画大海——"

"墨西哥。墨—西—哥。"格林太太说道，"这名字好听。阿卡—普尔—科。墨—西—哥。"她一巴掌拍在沙发扶手上，"上帝，我要是能和你一起去该多好。"

"为什么不呢？"

"为什么不！哦，我简直能听见哈里说，'可以啊，你要花多少钱？'哦，我简直能听见！"她又一掌拍在沙发扶手上，"当然，如果我自己有钱的话——好吧，我没有，所以就是这样。"

里滕豪斯太太沉思着望向天花板。当她开口时，嘴唇几乎没有动："但是哈里有钱，不是吗？"

"有一点——他的保险——银行里大概有八千块——就这么多了。"格林太太答道，她的语气一点也不随便。

"那很好。"里滕豪斯太太把她皱巴巴的瘦手放在格林太太膝盖上，说道，"很理想。只有我们两个人。我们可以在俯瞰大海的山上租一间小石屋。院子里（我们当然会有一个院子）会有果树和茉莉花，有一些夜晚，我们会挂起日本灯笼，举办派对，邀请所有艺术家——"

"太棒了！"

"——再雇一个吉他手来演奏小夜曲。落日，星空，惬意的海边漫步，多么美妙的一段时光。"

有很长一段时间，她们彼此交换着一种值得玩味的探究眼神。这种神秘的心照不宣化成了她们的相视一笑。格林太太咯咯地笑起来。"那太傻了。我永远不会干那种事，我害怕被抓起来。"

"我离开巴黎后去了伦敦。"里滕豪斯太太一边说一边抽回了手，用力歪着头，可她的失望之情却无法掩饰，"那是个令人郁闷的城市，夏天热得要死。我的一个朋友把我介绍给首相。他——"

"下毒？"

"——是个风度翩翩的人。"

猫伸了个懒腰，开始舔爪子，铃铛叮当作响。它像影子一样穿过屋子，尾巴在空中拱起，像一支羽毛制成的魔杖。猫在女主人那条巨大的腿边来回蹭着，她把它抱到胸前，在它鼻子上响亮地亲了一口，说道："妈妈的小天使。"

"有病菌。"里滕豪斯太太嚷道。

猫咪懒洋洋地摆好姿势，傲慢地盯着里滕豪斯太太。格林太太说："我听说有一些难以查明的毒药，可是都语焉不详，而且像是故事书里编的。"

"别下毒。太危险了，太容易被查出来了。"

"但是假设我们要——摆脱身边的某个人。你会怎么做呢？"

里滕豪斯太太闭上眼，手指沿着茶杯边缘游走。她的嘴唇蠕动了几下，不过她什么也没有说。

"枪击？"

"不行，绝对不行。枪械完全行不通。无论如何，我都不认为保险公司会认可自杀——而那样做看起来就像是自杀。不行，最好是意外。"

"但这得靠老天爷吧。"

"不见得。"

格林太太拨弄着一缕零散的头发，说道："哦，别开玩笑、打哑谜了。答案是什么？"

"恐怕没有一个一成不变的答案。"里滕豪斯太太说，"很大程度上取决于背景及环境。如果是在国外，事情就简单了。比如马赛警方在调查马丁的事故时就漫不经心，他们的调查非常不彻底。"

格林太太的脸上浮现出一副略为惊诧的表情。"我明白了，"她慢慢地说，"可是，这儿不是马赛。"不一会儿，她又主动说："哈里游起泳来就像一条鱼，他在耶鲁拿过奖呢。"

"但是，"里滕豪斯太太继续说道，"这也绝非不可能。跟你说，我最近在《论坛报》上读到一句话：'每年因失足死于浴缸里的人，比其他所有事故致死的人加起来都多。'"她停了下来，专注地盯着格林太太看："我觉得那挺刺激的，你说呢？"

"我不知道我要不要——"

里滕豪斯太太嘴角浮现出一丝尖刻的微笑。她把双手合在一起，指尖一一相对，搭出一个青筋纵横的挺括尖塔。"好吧。"她开口说道，"让我们设想一下悲剧发生的那个晚上，很显然哪里出了问题，比如说浴室的水龙头。这时该怎么做呢？"

"这时该怎么做呢？"格林太太皱着眉头重复着。

"这样，喊他，问他是否介意进来一下。你指着水龙头，然后在他弯腰查看的时候击中他的头部——正中后脑勺，明白？——拿个结实的重物。就这么简单。"

但格林太太依旧皱着眉头。"说实话，我看不出这哪里像是意外。"

"如果你一口咬定就是意外呢！"

"但我看不出来——"

"嘘。"里滕豪斯太太说，"听着。现在，接下来要做的是，脱下他的衣服，把浴缸放满水，放入一块肥皂，把尸体浸入水中。"她的微笑又浮现出来，嘴角弯弯宛如新月。"结论明显是什么呢？"

这彻底激起了格林太太的兴趣，她的眼睛睁得大大的。"是什么？"她低语道。

"他踩到肥皂滑倒了，撞到了头——淹死了。"

钟敲响了六下；音符在寂静中闪过。火苗一点点暗下去，一片煤上闪着微光。一股寒意在屋里弥漫，犹如一张由冰结成的网。突然，格林太太把猫放到了地上，猫的铃铛声打破了这种气氛。她站起身来，走到窗边，拉开窗帘向外张望：天色渐暗，开始下雨了。最初的几滴雨珠打在窗玻璃上，扭曲了里滕豪斯太太映在玻璃上的可怕身影。格林太太对着这个身影开口说道：

"可怜的男人。"

世界开始的地方

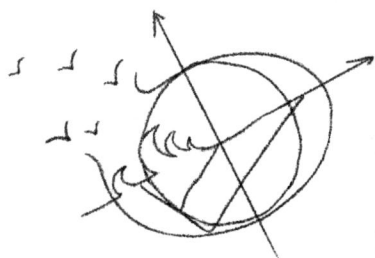

卡特小姐已经讲了将近二十分钟代数里的离心率问题了。莎莉厌烦地抬起头来，看了一眼教室里那只走得像蜗牛一样慢的钟。再有二十五分钟就自由了——甜蜜、珍贵的自由。

她第一百次看向面前那张黄纸。空的。啊，好吧！莎莉环顾四周，轻蔑地盯着那些努力学数学的学生。"哼，"她想，"好像他们会把一堆数字还有那些压根没意义的 X 相加，人生就能成功一样。哼，等他们出去瞧瞧这世界吧。"

到底什么是出去瞧瞧世界，什么是生活，她也不知道。然而，她的长辈们却让她相信，在未来某个特定的时候，她将不得不经历一些可怕的磨难。

"啊，噢，"她哀叹道，"机器人来了。"她称卡特小姐为"机器人"，因为那就是卡特小姐让她产生的联想：一台完美的机器，精准，上油均匀，像钢铁一样冰冷而闪亮。她急忙在黄纸上潦草地写了一大堆难以辨认的数字。"至少，"莎莉想，"那会让她觉得我在学习。"

卡特小姐从她身边翩然而过，连看都没看她一眼。莎莉安心地长出一口气。机器人！

她的座位就在窗户旁边。教室位于这所高中的三楼，从她坐的地方可以看到美丽的景色。她转头凝视着窗外，瞳孔微张，眼神发直，心不在焉——

"今年，我们很高兴能把奥斯卡年度最佳表演奖颁给莎莉·兰姆小姐，以嘉奖她在《欲望》中无与伦比的表现。兰姆小姐，我谨代表我本人及我的同事把奥斯卡奖颁发给您。"

一位美丽迷人的女士伸出手，把金色的雕像揽入怀中。

"谢谢你，"她用深沉而圆润的声音说，"我想，不管是谁遇到这样美妙的事情都该做个演讲。但我太感激了，我什么都说不出来了。"

然后她坐下来，耳畔掌声响起。为兰姆小姐喝彩。好棒！掌声，掌声，掌声，掌声。还有香槟。你真的喜欢我吗？要签名？当然可以——你刚才说你叫什么，亲爱的孩子？——约翰？哦，是法文，让——好的——"给让，你亲爱的朋友，莎莉·兰姆。"签个名吧，兰姆小姐，签个名，签个名——明星，金钱，名誉，美貌，魅力——兑拉兑·盖博——

"你在听吗，莎莉？"卡特小姐的声音听上去极为恼怒。莎莉吓得跳起来，环顾四周："是的，女士。"

"好，那么，如果你真的这么专心听讲，也许可以解答一下我刚才在黑板上写的这道题。"卡特小姐的目光高傲地扫过全班。

莎莉无助地盯着黑板。她能感觉到机器人冰冷的眼睛正注视着她和那些偷笑的小屁孩儿们。她可以掐住他们的喉咙，一直到他们把舌头伸出来。该死。唉，好吧她被打败了，数字，平方，该死的 X，太难了！

"和我想的一样，"机器人得意扬扬地宣布，"是的，和我想的一样！你又神游了。我想问问你脑袋里到底在想什么——肯定和你的功课无关。作为一个如此——如此愚蠢的女孩，你总该能为我们大家行行好，集中注意力吧。这不止是你一个人的事，莎莉，你扰乱了整个班级。"

莎莉低垂着头，在纸上画满了疯狂的小图案。她知道她红透了脸，但她不会像其他愚蠢的白痴那样，每次被老师——哪怕是老机器人——训斥时都咯咯傻笑。

八卦专栏

本季第一名媛莎莉·兰姆和百万身家的花花公子史迪威·斯威夫特在斯托克俱乐部谈情说爱？

"噢，玛丽，玛丽，"漂亮的年轻女孩躺在柔软的大床上叫道，"给我拿一本新的《生活》杂志。"

"好的，兰姆小姐。"一本正经的法国女佣回答。

"请快点。"不耐烦的女继承人喊道，"我要看看那个摄影师对我公不公平——你知道，本周封面是我的照片。哦，你去的时候一起给我拿一片消食片来，该死的头痛，我想我是喝了太多香槟了。"

广播

富家千金将在今夜首次亮相。在这一众人期待已久的本季社交大事件中，莎莉·兰姆将借由一场斥资一万美金的华丽舞会踏入社交界！如果能去就太棒了！咔嚓，咔嚓——

"请把卷子递到教室前面，请快点！"卡特小姐不耐烦地用手指敲打着桌子。

莎莉把她那张字迹难辨的纸胡乱塞到前座那个面

色泛红的男孩肩上。小孩儿。哼。她把她的苏格兰格子手袋拿了过来，在里面翻来翻去，找到了粉饼、口红、梳子和舒洁纸巾。

她一边在形状优美的嘴唇上涂口红，一边从沾满粉尘的镜子里打量着自己。覆盆子色。

在德国的一栋华美豪宅里，一位身姿袅娜的高个子女人站在一面巨大的镀金镜子前，欣赏着镜中的自己。她把一缕散落的碎发别回做工精巧的银头饰里。

一位皮肤黝黑的英俊绅士弯下腰，亲吻她裸露的肩膀。她微微一笑。

"啊，露蓓，你今晚看起来真可爱。你真是太美了，露蓓。你的皮肤那么白，你的眼睛——啊……你无法想象它们带给我的感觉。"

"嗯，"女人柔声说道，"将军，那就是您弄错的地方了。"她伸手从大理石桌上拿起两个酒杯，把三粒药片滑进其中一杯，把它递给了将军。

"露蓓，我一定要时时见到你。等我从前线回来，咱们每天晚上都要一起吃饭。"

"哦，我的小宝贝一定要去那开战的地方吗？"她那覆盆子色的嘴唇离他很近。你真聪明啊，莎莉，她想。

"露蓓知道，我必须把部队的作战计划带到前线去，对不对露蓓？"

"你随身带着计划吗？"迷人的女间谍问道。

"怎么了，是的，当然啊。"她能看出他在慢慢失去意识，眼神渐渐呆滞，有如酩酊大醉。当这位美女间谍喝完杯中一九二八年产的葡萄酒时，将军已经躺在了她的脚下。

她弯下腰，开始检查他的外套。突然，她听到外面传来脚步声——她的心揪了起来——

铃声大作。学生们一窝蜂地冲向走廊。莎莉把化妆品放回手提包里，收拾好书准备离去。

"等一下，莎莉·兰姆。"卡特小姐叫她回来。又来了，机器人。"回来，我想和你谈谈。"

当她走到桌前时，卡特小姐递给她一份刚填好的表格。

"这是留校察看条。今天下午你要去禁闭室待到结束。我告诉你无数次了，不要在课堂上对着镜子梳妆打扮。你想让我们都染上你的坏毛病吗？"

莎莉脸红了。她反感所有关于她的剖析之类的事。

"还有一件事，年轻的女士，你没有交作业……好吧，正如我告诉过你的，你是否想完成功课由你决定……反正我背上又不会掉一块皮——"

莎莉茫然地想，她背上有皮肤吗，还是说其实是一块锡皮？

"当然，你知道，你就要挂科了。我很纳闷怎么会有人愿意这样彻底地浪费自己的时间——没法理解——一点都理解不了。我认为如果你放弃这门课会更好，因为坦率地说，我认为凭你的智力不足以完成它。我——我——等会儿——你要去——"

莎莉把书扔在桌子上，跑出了房间。她知道她要哭了，她不想在机器人面前哭。

不管怎样，去她的！她对生活了解多少。她什么也不知道，除了一大堆数字——去她的！

她在拥挤的大厅里努力挤出一条路。

鱼雷大约半小时前爆炸了，船沉得很快。这是个机会！莎莉·兰姆，美国一流的女记者，就在现场。她把相机从积水的船舱里取了出来。她就在这里，拍下难民们爬上救生艇的照片，以及她的同胞们在汹涌大海中挣扎的照片。

"嘿，小姐，"一个水手叫道，"你最好登上这艘救生艇，我想这是最后一艘了。"

"不，谢谢，"她在狂风巨浪中大喊道，"我会一直待在这里，直到完成我的报道。"

突然，莎莉大笑起来。卡特小姐、X还有那些数字似乎离她很远很远。她在这里很开心，大风吹拂着她的头发，死神就在她的身边。

关于杜鲁门·卡波特文学信托基金

　　杜鲁门·卡波特文学信托基金由杜鲁门·卡波特创立，作为其临终遗嘱的一部分，保管卡波特的所有作品。按照他的指示，信托基金的所有收入都用于支持年度最佳英语文学批评奖，以及由全美各学院和大学管理的创意写作奖助学金。与他的作品一样，信托基金是杜鲁门·卡波特在创作上和经济上为他珍视的文学界留下的不朽遗产。

图书在版编目（CIP）数据

世界开始的地方／（美）杜鲁门·卡波特著；伏波
译．——北京：北京十月文艺出版社，2021.10
ISBN 978-7-5302-2099-3

Ⅰ．①世… Ⅱ．①杜… ②伏… Ⅲ．①短篇小说－作
品集－美国－现代 Ⅳ．①I712.45

中国版本图书馆 CIP 数据核字（2021）第 179941 号

著作权合同登记号　图字：01-2020-5889

The Early Stories of Truman Capote by Truman Capote
Copyright © 2015 by The Truman Capote Literary Trust
Simplified Chinese language edition © 2021 by Thinkingdom Media Group Ltd.
This translation published by arrangement with Random House,
an imprint and division of Penguin Random House LLC
through Bardon-Chinese Media Agency
All rights reserved.

世界开始的地方
SHIJIE KAISHI DE DIFANG
[美] 杜鲁门·卡波特 著
伏波 译

出　　版　北京出版集团
　　　　　北京十月文艺出版社
地　　址　北京北三环中路 6 号
邮　　编　100120
网　　址　www.bph.com.cn
发　　行　新经典发行有限公司
　　　　　电话 (010)68423599
经　　销　新华书店
印　　刷　北京天宇万达印刷有限公司
版　　次　2021 年 10 月第 1 版
　　　　　2021 年 10 月第 1 次印刷
开　　本　850 毫米 ×1092 毫米　1/32
印　　张　6
字　　数　75 千字
书　　号　ISBN 978-7-5302-2099-3
定　　价　49.00 元
质量监督电话　010-58572393
如有印装质量问题，由本社负责调换

.